一任芳华弹指瘦

孙梦 李靖洁 著

中国言实出版社

图书在版编目(CIP)数据

一任芳华弹指瘦 / 孙梦, 李靖洁著 . -- 北京：中国言实出版社, 2021.11

ISBN 978-7-5171-3955-3

Ⅰ. ①一… Ⅱ. ①孙… ②李… Ⅲ. ①散文集 – 中国 – 当代 Ⅳ. ①I267

中国版本图书馆 CIP 数据核字（2021）第 240345 号

一任芳华弹指瘦

出 版 人：王昕朋
责任编辑：肖　彭
责任校对：冯素丽

出版发行：中国言实出版社
　　地　　址：北京市朝阳区北苑路180号加利大厦5号楼105室
　　邮　　编：100101
　　编辑部：北京市海淀区花园路6号院B座6层
　　邮　　编：100088
　　电　　话：64924853（总编室）　　64924716（发行部）
　　网　　址：www.zgyscbs.cn　E-mail：zgyscbs@263.net

经　　销：新华书店
印　　刷：徐州绪权印刷有限公司
版　　次：2021年12月第1版　　2021年12月第1次印刷
规　　格：710毫米×1000毫米　1/32　10.25印张
字　　数：207千字

定　　价：58.00元
书　　号：ISBN 978-7-5171-3955-3

　　孙梦、李靖洁，江苏徐州人，"80后"夫妻档作家。著有散文集《一轮明月，一座城》、长篇报告文学《一城青山半城湖》，作品入选《中国精短美文精选》等。孙梦系中国散文学会、中国报告文学学会、江苏作家协会会员，徐州市青联委员；李靖洁系中国民主促进会、徐州市作家协会会员。

Sun Meng and Li Jingjie, both born in the 1980s, are a couple of writers lived in Xuzhou City, Jiangsu Province. They have written a collection of proses "A Moon and A city", a long reportage "A Whole City of Mountains and A Half City of Lakes", and some others collected in "A Selection of the Best Chinese Short Essays". Sun Meng is a member of Chinese Institute of Prose, Chinese Reportage Association, Jiangsu Writers Association, and Xuzhou Youth Federation, respectively. Li Jingjie is a member of China Association for Promoting Democracy and Xuzhou Writers Association, respectively.

目 录

1

第二辑　一山一水

第三辑　一枝一叶

第四辑　一个人与两个人的村庄

第一辑

一俯一仰

绿

从现在开始，绿色正式成为季节的主角。

当皑皑白雪化了，当簇簇春红谢了，它不露声色地出了。

忽然就——"芳草萋萋""碧树历历""客舍青青""水波瑟瑟"……

一片叶子与另一片叶子蜷缩在两根不同的枝条上，忽然就站立起来、伸展开来，跨着高空握上了手。一棵树与另一棵树隔路相望，含情脉脉也好，隔路骂街也罢，忽然就耳鬓厮磨，腻歪得不行。此后，它们最大的乐趣就是变着姿势，在大地上勾勒着一幅又一幅清圆树荫。

一团草挤得乱了章法，不知谁喊了声"挤死了"，草们四下里逃散，却怎么也挣不脱。

又能往哪里逃？四下里全是草，幽草林中生，深草涧边生，杂草田间生。没有足迹的小路、山坡、河岸，遍地葱茏、遍地荒芜。车前草、牛筋草、马齿苋、野蒿、荠菜、蒲公英，以及不知名的野草们，用脚丫抚摸着大地的每一寸肌肤——这是它们毕生的工作。哪怕是钢筋水泥的缝隙，它们也硬生生插上一脚。村口的那条小路上，草们遍体鳞伤地赓续着使命，一个车轮将一棵草碾死，另一棵草在兄长的尸体上坚强地爬起来，等待着下一轮命运的碾压。

麦田，这个季节最好的绿色。它展叶的声音、拔节的声音、抽穗的声音、随风逐浪的声音、撩拨鸟啼虫鸣的声音……是乡间的春夏主旋律。大地为它平坦，河流为它蜿蜒，大树为它夹路，杂草为它迁徙——它若知道城市里草坪才是精心呵护的主角，定会万分不解。

绿与绿之间，谁又能读懂谁？它们在各自的战场上，等待着繁衍的集结号，春风稍一送暖，便是绿草成茵，便是亭亭华盖。向上的，遮住光亮。向下的，覆满山川。向前的，埋没路的尽头。向后的，你转过身来，整个世界都疯成了热带雨林。

碧玉妆成，天上地下一片苍翠。

从什么时候开始，已是绿满人间？

有人大叫，我早就发现了：二月春风裁细叶时我就发现了！万条垂下绿丝绦时我亦发现了！可惜，声音太邈远、太弱小，直接被春风过滤掉。那时，"万紫千红"，谁曾看到过"一片绿"？那时，阳光明媚，花海烂漫，"花明"掩了"柳暗"，谁还能记得"绝胜烟柳"？

然而，麦田是不会计较的，它以一身浅绿从冬到春再到夏，有哪朵红花能开得如此长久？冬青大抵也不会去计较，它四季军绿，万紫千红的哪一片能像它一样不枯萎？早于花报人间却不争春光，晚于秋消瘦却不惧风饕雪虐，虽盛于春夏，却坚挺全年，这就是绿的伟岸。

谁说绿叶只能配红花？

来得飞快，顷刻，山林浸染，河川遍绿。长得野蛮，盛如葳蕤，绿到荼蘼。去得弦惊，长身而起时，万山红遍，草木黄落。这就是绿，以及一切绿植。这就是主角，以及只有主角才拥有的洒脱和自信。

它一直是主角，只是草木华发时才被伊们想起罢了。

以春之名，植树

不同于拔河运动，植树虽也沦肌浃髓，但热火朝天。不同于长跑运动，植树虽也提神振气，但接地气，充满泥土芬芳。不限于规模，不囿于地点，山上，山下，路边，塘边，随处可植一片绿。

我喜欢这种运动，喜欢一锨子挖醒春天，喜欢一棵树绿了心田。

那种场面也很开阔。放眼望去，到处都是树苗与双手的盈握，到处都是泥土与双脚的互动。闭上眼睛，春芽破枝的声音，沉水暗涌的声音，万物复苏的声音，泥壤的清新，春风的清新，自然的清新……纷沓而至。怎能不喜欢？

因为喜欢，这些年，跟随不同的集体，去过不同的陌生地方，植了不少树。可惜，那些树，后来我再也没有去看过它们，即便去了也认不出哪一棵是我亲手栽下。与我一同植树的人，聚了又散，有些甚至仅有一面之缘。在某一个春天，铁锹、水桶、旗帜，被春风拂来，又被春风吹走。剩下的只有安身立命的树苗，它是否长成参天大树呢？它们仍在原处等待，却很少有植树者担忧过它们：是否缺水，是否遭了虫害，是否被人折断？

"此树我所种，别来向三年。桃今与楼齐，我行尚未旋"，坚持此诺者，古来有几人？

两年前，在济南的一座山峪里，我见过一片片被标记的树林，那些树丛前都立着树碑，一个又一个团体将名字留给丛林和荒草。青年林、志愿林、发展林……林本无名，更无远方，却叶随风起、根向土生，将荒山扮成叠嶂，让后来者以青年、以志愿、以发展的名义穿梭其中。

有些树林里，穿梭的脚步从未间歇，褒奖的高度高山仰止，比如"桃花间柳花"的西湖苏堤，比如"绿李与黄梅"的成都杜甫草堂，比如"柳州柳刺史，种柳柳江边"的生态柳江，再比如"杨柳三千里"的左宗棠丝路，留下多少前人之功，便了多少后人之利。

前人栽树，后人乘凉。想来，我栽下的那些树也给人以方便吧。

于是，每一个春天，植树的念想如春芽般鼓动。

可是，绿化"规划""规范"的今天，生态斐然的今天，哪里还能以个人的名义栽树呢？这个春天，我答应儿子带他一起去植树，却找不到可以植树的地方。山川已遍地葳蕤，园林已林壑优美，就连大街小巷的行道树也绿荫成行。赞美千秋之功的同时难免有点小遗憾。

还是跟着集体活动好啊，荒地已经选好，树苗已经买好，铁锹已经备好，甚至树坑也有人提前挖好，所做的就是扶扶树、培培土、浇浇水而已。即便只剩下这点乐趣，人们还是如约而至——多么想接接地气，多么想以春之名做点事。

春阳融融的三月，因为一群树苗，阒静一个冬天的山野和河畔突然就热闹起来，突然就生动起来。那些来自异乡的树苗却也争气，萌芽，抽枝，展叶，去蘖，一转身就是一片碧绿，一转身他乡已成故乡。

来吧！让我们以春之名——植树，跟着那些破土的树苗，走向一个又一个绿色故乡。

中巴驶入春天

像甲壳虫一样，在窄窄的公路上载波载浪，这就是乡间的公交车，村里人谓之中巴车。

车外是绿油油的麦田，车内是一群肤色暗沉、衣着简朴的农民。很多老电影都喜欢定格这个画面，缓缓的，悠长的，闭上眼就是春天的味道。

车内的农民，在孩子们眼里是那么的"高大上"。很多次，他们坐着中巴车走出僻壤的乡村，走进外面的风景，看到了孩子们所未知的世界。而孩子们，只能仰望他们的风尘仆仆，仰望他们被县城阳光晒得黝黑的脸庞。

小小的中巴车，一头连着县城，一头连着乡村。经过村庄时，总有人招手追赶。然而，又有多少人这一生却只能用目光去追赶中巴车。

所以，它从乡村驶入县城时，总是充满着兴奋。

那些脚丫，男人的，女人的，小孩的，还有鸡的、鸭的、羊的，兴奋得无处安放，在车厢里挤来挤去，在局促不安中闯入陌生的城市地带。车厢里堆满了蛇皮袋子抑或化肥袋子包裹，装被褥的，装脸盆的，装病历的，装农具的，装土豆白菜的，装机械零件的。那些包裹太多了，多到从车厢里延伸到车厢顶，车辆转弯或颠簸时，中巴车便充满了鸡鸣羊咩盆砰的律动。

那些脚丫总想快点，却被包裹沉沉地拖着，走不远。农贸城到了，有人拖着包裹下车。中医院到了，有人扶着包裹下车。火车站到了，有人扛着包裹下车。

村里的人走下车，惊奇地发现画风已经突变，麦地不再，溪流不再，山峦不再，到处是钢筋水泥，就连粗糙高挺的白杨树也变成了缤纷满树的广玉兰。3月的县城里好多怒放的花，白玉兰，广玉兰，梅花，只开花，不长叶。原来县城也有春天，暗香浮动的春天。

中巴车从县城驶入乡村时，应该是轻快的。经过火车站上来几个归心似箭的人，经过中医院上来几个如释重负的人，经过农贸城上来几个兴高采烈的人，小小的中巴车，装着一车好心情，驶向绿油油的春天。

从钢筋水泥驶向广袤田野，应该是什么样的姿势？逃逸？它无处可逃，在一条泥土筋脉上一趟趟往返，周而复始，一条路就是一生。遁世？那些村庄已经不是从前的村庄，有的是等待拆迁的村庄，有些是变成景区的村庄，那些惊慌或安详的炊烟让中巴车无处可躲。

每天，它经过一座又一座村庄，翻过一道又一道山梁，路过那些死了又生生了又死的花草和溪流。多少年过去了，一切如初就。城乡之间的这条路，修了又修，依然是颠啊颠。乘车去县城的村里人，依然是打工、卖货、看病。甚至经过机械厂时，依然有人送上来一个修好的车轱辘或是几根长长的铁轴承，付了钱，人却不上来，车到了某个村口，接货人早早在那候着——这种乡间的"快递"，是那些城市物流能想象到的吗？

每天，它都在进行着一场场城乡搬运。把农村人搬成城里人，把孩子搬成大人，有一天，孩子们长大了，长成风尘仆仆的游子，长成脸庞黝黑的老农民，他们会发现，中巴车真的很小，挤得满满当当的，却只能容下十来个人。

不负春光，野蛮生长

春天，到处都是生命拱动的喧响。种子破土，幼芽破枝，花朵含苞，树木拔节。闭上眼，静静听，每一种声音都是伟大的乐章。

睁开眼来，绿草已经丛生，山花已经烂漫。迎春花，梅花，樱花，海棠花，油菜花，泼墨般肆虐枝蔓。郁金香和玉兰花以喇叭的形状毫无顾忌地怒放着——它们似乎把仲春当成了盛夏。苏醒的河床和河岸，散发着草腥味儿，干枯的水草根上抽出一截截新茎，成群的小蝌蚪和小鱼仔在水草中洄游。鸟雀们为了占领一根枝头或是分享一只虫子，在林间莺歌燕舞，嘈杂而悦耳……

春回大地，从来都是一夜之间。

绿色的华盖占领了山头，鲜艳的风筝占领了天空，奔跑的脚步、童真的笑声占领了草地和阳光，出游的车轮占领了道路和桥梁，美丽占领了镜头和视线……大家都以各自的方式占领春天。

孩子们把柳条盘在头上，把花瓣插在衣襟上，把小蝌蚪儿养在鱼缸里，以自己的方式将春天占为己有。他们的个头是那么矮小，却总想触摸天空，风车，风筝，泡泡，总有一种梦想牵在手里吧。

然而，我又能占有什么呢？想养几只春鹛，朋友圈都奉劝——莫打三春鸟，子在巢中待母归。想品碗鱼汤，朋友圈都制止——莫食三春鲫，万千鱼仔在腹中。想束一瓶鲜花，朋友圈都鄙弃——莫折三春枝，百千胚芽待成果。

只能赏。到处都是五彩斑斓，到处都是花，眼睛想躲避都躲避不了。哪怕是躲在屋里看手机，满屏亦是花的海洋。花儿晒太阳，太阳晒人，人晒美图。春天，成了镜头里最美的风景。

春雷响。春潮急。春雨酥。春林盛。春光破土而出，谁想辜负她呢？

不负春的呢喃。衣物越减越少，脚步越走越轻，一种明快的节奏由内而外地蓬勃而出，春的唇语在耳边不停地啼啭、鼓舞，于是，对工作有了冲劲，对生活有了力量。

不负春的期许。天地之间都被点亮明媚的色彩，都铺展着热腾的语言，一种野蛮的念想从内心升腾而起，无须蓄谋或是彩排，毛笋直愣愣地长尖了，花朵大刺刺地撑开了，云朵洁白而稀薄，春风鼓荡而柔软。被灰蒙的枯燥的冬天压抑了太久，那些粉色、黄色、绿色、紫色、白色，一股脑儿全都冲破了防线。

不负春的节拍。祭扫，植树，春游，社戏，骑行，放鸢……每一天都是盛装的节日，每一张脸都映得粉红，像岸边的艳桃，像17岁的心事。春天拦不住脚步，一有空闲，就满世界疯跑。即便在夜晚，亦不知疲惫。夜风融融，布谷布谷声醉了枝头，沙沙的脚步声在操场上一遍遍轻轻回响。这是春天特有的节拍。

这不热不冷的天儿啊，这暖融融、乐陶陶的天儿啊，如一块温软的抹布，在大地上静静地拂拭着，拂着拂着，天就热了起来。夏天的脚步近了。

春和景明

又过清明节。

自兹，春和日丽，气清景明，繁花妖媚，草木峥嵘。

楼下那排后知后觉的梧桐树由黄泛绿，它们脱掉被"秋风""冬雪""春寒"饕虐至陈旧的"黄狗皮"，换上了青绿色的春衫，蓬乱的枝丫上抽出一片片爬山虎般大小的新叶。树下的黄狗也不消这干枯的皮毛，它在春风里打个滚，浑身便都是崭新油亮的新毛茬。它跳上楼梯，张望着东墙的爬山虎，那层稀疏的新绿正在春天的版图上疯狂地扩张……

遍地春风。

万物皆显。

布谷鸟在竹林里嘀咕——它畏惧凌空高蹈的纸鸢会突然扑下来。

小蝌蚪在水草间试探——它担心河岸的垂柳会如箭矢般穿向自己。

梨花荡漾在春风里——它不知道杏花桃花们曾是如何绽放。苦思不解，嗨，"白了头"！

燕子掠过青石巷——它是否忘了王谢堂前在何处？在巷口一遍遍穿梭着来剪风。

这些迟到者啊，居然还在春光里踟蹰。看不到吗？窗外，已是林花谢了春红，已是一川烟草满城风絮，已是仲春即逢暮春。

春日短，春日快，一年光阴已剩四分之三。

好像春寒仍料峭，春意却已阑珊。大地没有了初春时的气血翻涌，每一铲翻出的泥土都不再"惺忪""清新""热腾腾"，泥土离开地平线只挨了几分钟，就已干得泛白、软得稀松。春风越来越盛。要不了多久，大街小巷将鼓荡着融融的"天然大暖气"。

时间总觉得不够用，它给了春林就怠慢了春水，给了春风就对不住贵如油的春雨。它每天都在来回奔波，每天都累得哈欠连天，每天都觉得"太匆匆"。

大地在蓄谋着一场巨大的嬗变。它不满足于油菜花的黄，不满足于杏桃梨的变，不满足于那一声声"上帝失手打翻了调色板"的鼓吹。它要与过去割裂。

跑吧。从"惊蛰"起跑，从"春分"加速，急行军强行军……越"跑"越快、越"跑"越热，它瞄准了近在咫尺的"立夏"——翻过那场"谷雨"，就是绿的世界！

绿。这世间独一无二的咏叹。在不经意间出手，在夜以继日推进，在无声处占领封面，当你意识到绿的时候已是铺天盖地，已是东风无力，已是盛夏——时间无痕？有绿为证。

时间不话简史，只在当下。在那么一丢丢的"乍暖还凉"中，在这转瞬即逝的"春和景明"中，呷口水，别停留，装点春绿去战斗吧！

天台

　　我住在城市的高层，高层的唯一好处就是可以鸟瞰矮楼们的天台。

　　那些天台各有各的精彩。有的被扮成花园菜园，枝枝蔓蔓，绿意萦绕，凭空堆出一片清新。有的则是动物世界，一条体形彪壮的狗在楼顶方寸间呜咽打转，一群鸽子绕着天台一圈又一圈漫无目的地飞翔。而有的天台是厨房、洗衣房、阳光房，家庭生活的空间被继续延伸着。

　　这些天台，这些在理论上被定义为公共空间的天台，秘而不宣地成为顶楼住户的额外不动产。有一天，我充满正义感，试图爬到自己楼顶一探究竟。果不其然，向上的公共通道已被封死。

　　影视剧里的天台好像不是这样的。很浪漫，很平实，也很开放，爱情的开始与结束，人生的绚烂与黯淡，关系的紧凑与舒缓，都在天台上进行。两个人独处天地间，太需要这样一处空旷地来进行身体和心理上的和解或者摊牌，十丈红尘之下的人只能徒劳地仰视着，然后在楼下走成邈远的车水马龙。

想起一个连续剧，李幼斌饰演男一号的警匪剧，十多年前的老片子了，满脸沧桑的李幼斌站在天台上抽着闷烟，不经意地俯视着裙楼厨房里那位既是上司又是前恋人的女警，眼眶里五味杂陈却又推不起任何波澜，那目光着实让人心疼。

还有一个电视剧也叫不上名字了，甚至连主人公的名字也忘了。女护士长和男医生在天台上……呃，与偷情无关。青春过季的女护士长看上了英俊潇洒的男医生，天台见证了她艰辛而执着的试探过程，她隔三岔五趴在天台的栏杆上等待着男医生的出现，城市上空的背影，风中翩跹的白大褂，那种感觉真是美极了。

天台也是一个人的舞台。比如它独属于狙击，他趴在天台上，等待着惊心动魄的那一秒劲射。等一群人扑上来时，他已潇洒地从天台上隐去。我最喜欢的天台狙击手是《王大花的革命生涯》中的"江贵妃"，她喜欢穿米色的风衣，那天，她却穿着修女服躲在教堂的顶楼狙杀俄共叛逃者，未果后杀到海边，趴在轮船的甲板上——那也是天台，一枪毙命，干脆利索。天台是战场，也是舞台，说不出的紧张和潇洒。

新闻都是闻着影视剧的皂沫而发酵的。可惜不学好，偏偏学那些负能量的桥段。有权的在天台上建个高尔夫球场，有钱的在天台假山玉石修栋别墅，有胆的在天台修一操场并安排祖国花朵爬上来做课间操……好吧，你们城里人真会玩。

那些隐蔽的高处是不胜寒的，忽然有一天大家一抬头，就看见了"少数人的逍遥"，于是同仇敌忾，于是天台在舆论中关闭。果然能关得了吗？还是有股民，有抑郁症者，有走投无路者，攀缘到天台。天台成了生命终结的地方，这是大家都不愿看到的。

农村也有天台——那是不争的个人空间——自家的门楼顶或者平房顶，晒晒花生玉米，晒晒被褥衣物，也养一些滴水莲、爬山虎之类的小花草。当然，天台上还放置着自制的电视天线，电视画面不清晰时，顺着木梯爬到"天台上"晃动着天线，感觉连天上的星星都跟着摇晃。

可惜，这么多年，我始终认为那只是浮在大地上的一块水泥地，不是真正的天台。我曾经执念过农村的天台——我中学的楼顶，高中毕业时我冒着生命危险攀了上去，那神秘3年的天台像一绺剃秃的头皮丢在我的脚下，上面除了散落的板凳和课桌腿，装满沙子的塑料瓶，就是一片片发臭的积水。这让我认识到，天台其实一点都不好玩。

观海

  大海大吧？然而，在百科辞典里，它只是与大洋相连接的大面积咸水区域，即"大洋的边缘部分"。

  来自大洋的冲击力，让它平静的画面下暗涌浮动，无时无刻无数个浪头不在跃跃欲试，试图一跃而起。那层层叠叠的海面，波诡着，波谲着。风，自以为是地揽着汪洋、拂着海洋，它以为海面上那万千微荡着的涟漪是风之力。"风平浪静"，"风吹浪打"，"无风不起浪"，"无风三尺浪"……也只有大海，才能任风与浪如此博弈。

  一艘轮船跃入海洋。海面瞬间被划开。轮船过后，被撕开的海面又迅速愈合。轮船像一个滑稽的剪刀手，只顾前面裁浪，浑然不知身后。热闹的只有那些海浪，它们像欢快的箭矢碧粼粼地冲向天空。解脱了？瞬间又跌回海面，摔得粉身碎骨，摔成一堆堆白色的泡沫，被那艘孟浪的轮船远远抛在身后，很快即被两边追来的海水覆没。

一滴海水，一朵浪花，与一艘船的相遇，只是瞬间的事儿。此生，恐难再重逢。

不断重逢的只有海鸥。在它们的眼里，轮船就是一块在海上漂流的美味大蛋糕，蛋糕上时不时会迸飞一截截奶油火腿。它们将脚并拢，将羽翅平展，将嘴巴向着蛋糕狠狠地努着。它们的速度始终比船快，当超越甲板时迅速踅回，划着一小圈后复又追上前来，一圈又一圈，锲而不舍。它们从港口一直追向海岛，从海岛又追回港口，任时间推移，不乏，不馁。

那一路，但闻叫声不断，它是在提醒轮船它的存在？还是在与涛声应和？苍茫大海上，风的哨声，海的涛声，海鸥的叫声，不间歇地对抗着轮船的聒噪。每想，大海若无海鸥，那该有多寂寞？海鸥若不眷恋大海，该飞得多远？

船到海岛。船停下来，游人鱼贯而出，海鸥也纷纷坠入海面、海滩。落入海中的瞬间变成一只只鸭子，变成一叶叶扁舟，在海中浮浪颠簸。落入海滩的是一排排全副武装的卫兵，白羽，红爪，黑尾，简直帅呆了。嘘，莫靠近，不然又将惊起一滩鸥鹭。

海岛是一只巨型海鸥。远观，只是邈远的一小点。近了，才发现是岛屿。水何澹澹，山岛竦峙。登上岛来，却感觉是海的对岸，是另一片陆地。不知，在无边的黑夜里，孤立在四周无尽的海水中，海岛会不会恐慌？

夜里，大海定是乌云密布，不然不会有一场场夜雨袭来。

雨水落在漆黑的海面上，像落在棉花团上悄无声息，像落在窗棂上发出有节奏的哒哒声，像落在隔空的铁板上噼里啪啦呼啸而来……枕在海岛上的人竖着耳朵在臆想着。海岛夜雨，巴山夜雨，潇湘夜雨，江南夜雨，夜雨的和弦无一不是生动，无一不是如诗。

大海不语，日复一日地吐纳宇宙的，夜雨，初日，明月，星辰——呃，现在还有繁星满天吗？

大海不动，悄无声息地推出山岳、河川、桃源、仙境——现在还有海外仙境吗？

千年万年，千里万里，每天都有人风尘仆仆地奔来，奔到这"大洋的边缘部分"，面朝大海，无限遐想。

高速路上

我很少走高速，私心觉得那一路的风景单调而冗长。不如倚在火车上，经过花红柳绿的村镇，不断变换的山川河岳，以及各种舒缓的旅途画面。

最近走了一次高速，从苏北到江南，中间还跨了一段省际线，在这单一滑行中突然就发现了高速路的各种生动。

比如，高速路上都是车，这要比孤零零的铁轨更具画面感。那些车，驳杂而淆乱，拉汽车的车，拉苗木的车，拉油罐的车，拉生猪的车，以及拉人的车，在一望无垠的天地间你追我赶。人与那些物体并没有多少差异，至少从形态上都是整齐地码在车里。一辆拉生猪的卡车与一辆拉人的大巴擦肩而过时，彼此对望的眼神充满了好奇，之后是无法掩饰的——揶揄。

高速两边是剪着平头的绿化带，它们铺就了高速路的色彩，不斑斓，也不喧闹，像是两条绿色的匹练，陪伴这条高速苍龙一起奔赴远方。绿意萦绕，青春做伴，这也比寂寥的铁轨养眼。

从苏北到江南，路边的绿化带几无差异，也许大半个中国高速路都是这样的。唯一的区别在那些点缀其间的广告牌，白边蓝底的牌子上是关于附近美酒、美景、楼盘的硕大文字，广告远比地标牌更有文艺范儿，瞬间让人记住这段高速置身处的精彩。

"明祖陵在此，天下谁与争锋！"这是高速广告牌上的淮安。

"镇江，一座美得让人吃醋的城市"，这是高速广告牌上的镇江。

不用思维定式，仅从这些文字便能准确地分辨出楚风之雄浑与吴韵之柔美。这种感觉好极了。我掏出纸笔，简单记录着旅途的见闻，哪怕是只言片语。

因为那些文字，我将目光伸向远方，远远地打量着高速路旁的村庄和城市。当看到屋脊上飞檐斗拱的二龙戏珠，我知道淮安到了。当看到白砖黛瓦、浅草水塘，我知道江南到了。当看到高速旁的田野绿油油一片生机、树林蓬松松一片葳蕤，我知道夏天到了。

夏天真好，我们将车停靠在休息区，从车里鱼贯而出，稍一抻弄就舒展至招展。姑娘鲜艳的飞扬的裙袂，小伙帅气的阳光的墨镜，瞬间将高速休息区装扮成一座风情小镇。各种站立和交谈，各种灯红与酒绿，载着异乡柔柔的风，一根烟的长度足以将旅途松懈成一场兜风。

减速是为了更好地加速。购物，方便，加油，吃饭。当然，也有吵架。车刚停稳，女孩便摔门而出。这是理智的路闹，据说高速上每周都有情侣掰架，然后惊现女子弃车暴走、交警追赶护送的惊悚大片。还好，我这一路我并不曾遇见。甚至没有遇见一场车祸，这是最大的庆幸。

唯一惨烈的是那些虫子。它们迎面撞击呼啸而过的车辆，粉身碎骨地瘫死在玻璃窗上。它们前仆后继，一只接一只地死在车前，将尸浆挂满玻璃，触目惊心。到站后，司机及时清洗了车窗，看着那些四分五裂的虫子，我说后悔走了高速，若赶火车定会避免这场虫子杀戮。司机笑笑，说虫子都是感光性动物，为了"玻璃"它们心甘情愿赴死。常走高速的人见怪不怪，似我这般偶尔走高速的人总要瞪着大眼，看，念，叹。

我所看的无非是刻意建立在"托马斯小火车"之外的景致，我所念所叹的也无非是对比坐火车的感悟。这一路的浮光掠影，这一路的疲惫亢奋，在旅途结束后回归风平浪静，我撇开高速，重新回归到紧张有序的工作生活中。

新归园田居

1

"玉带"河，"虎腰"山，这是山与水的又一绝配。

"桃花"源，"月亮"湾，这是水流的又一处"动""静"叠合。

是巧合？是蓄谋？还是鬼斧神工？

虎腰山不语。既然"玉带"缠上了"虎腰"，那就带着这条河向前奔跑吧。他跑得太快了，将这河生生拽出一道月牙形水湾，半空的弦月急忙俯身打捞自己的影子，却怎么也找寻不到。

玉带河呢，她要惧这伟岸的山汉子？不。她甩出一串水袖，将自己拉成弓形，用匹练牢牢缚住这虎腰熊背。

从此，虎腰山便留在了这桃花源。

从此，山林望着河水发呆，河水也望着山林发呆。

有谁看见，那夹岸的桃花，在春风中笑得合不拢嘴。

2

村庄是有气息的。

一个古老的村庄充满着说不出的安详，以及牛马的懒散。一个等待拆迁的村庄则充满着不可终日的恐慌，鸡飞狗跳。

城市也有气息。

一座繁华的都市脸上写满了颐指气使，车水马龙，金迷纸醉。一个经济基础差的城市则是满面疲惫，当然，它也有钢筋水泥，也有车水马龙。

唯有桃花源里，闻不见一丝世俗之韵。除了风的均匀呼吸，除了水的轻轻叹息，你听不到其他声音。除了茂林修竹，除了桃花灼灼，除了芳草鲜美，你看不到一点乡的粗野、城的拥挤。

几千年来，倦怠的人儿啊，在城乡之间一遍遍寻找这一方世外桃源。

农耕的时代远去了，哪里还有依依墟里烟？

开发的时代倦怠了，哪里还有暖暖远人村？

3

一只水鸟像箭镞一样刺破湖的静谧。它在追寻什么？小鱼儿，波浪，一瓣入水的桃花，抑或它自己的影子？

一艘竹筏把自己当成画舫，在月亮湾四处突围。河湾更加犹豫不决。然而，水徘徊的时候，是最忧伤的，是最美好的。

一缕绕过虎腰山的风，在溶溶月色的怒视下，在星星的错愕下，沿着河沿颤巍巍地、缓缓地走着——它亦想接近桃花源里。

就连一棵青萍、一只萤火、一颗流星，都试图闯入桃花源。

水草沿着河岸的每一寸肌肤，肆无忌惮地抚摸。河水流到哪里，它就杀到哪里。

虎腰山遮住月光的夜晚，萤火和流星们简直要笑出声来。

它们，得手了。

月亮湾落不完的桃花，没有一瓣能拭去桃花源的忧伤。

4

大隐住朝市，小隐入丘樊。丘樊太冷落，朝市太嚣喧。

那就在"丘樊"与"朝市"之间吧。

桃花源里，正正好。

不是理想国，不是乌托邦，亦不是普罗旺斯，却退可有竹林婆娑，进可有车马喧腾。既不要一去三十年，也毋须守拙归园田。不缺田野蒿庐、水波不兴，亦有小楼高筑、高崖百尺。

你想戴月荷锄归，我给你"幸福菜园"，保你箪瓢不空。

你想峨冠博带去，我给你"一叶轻舟"，荡尽心中万古愁。

你想悠然见南山，我给你"悠然茶座"或是"五柳亭"，独拥深山幽林。

5

你见过云龙山面前，哪座山敢抬头？

虎腰山敢。他把竹林、花圃搬到山麓，把泳池、秋千搬到山巅。在现代流行语里，"他快上天了！"

你见云龙湖周遭，哪条河敢自流？

玉带河敢，她左手拔剑泉，右手云龙湖，独挑起两汪大泊。

这么高调的桃花源，想隐隐不了，想藏藏不住，想舍舍不得。

没有"渔人问津处"，只有深浅万千步。

没有"净土乐陶处"，只有那份闹中取静、静中取闹。

一脚踩着红尘，一脚踏着归隐，说不出的诱惑与神秘。

再贪春晖的桃花也有夏天，当她变成果实。

进入真正的阅读状态

今年是 2015 年，我是一个作家。我还在思考艺术的真谛。它到底是什么呢？

这句话不是我说的。是作家王小波的中篇小说《2015》的结尾语，它 20 年前就诡诈地躲在《白银时代》的最后一章。今天再读，仍感叵测而惊心——这样的阅读总是让我怀念。感谢我提前进入"狗都嫌"阶段的幼子，他垫着板凳扫荡了书橱，这本《白银时代》便恰如其分地出现在我的视野，我得以重温后现代之荒谬叙事。

理解作家的最好方式是去阅读他们的作品，尤其是他们当年悲情而迷惘地写给未来的作品。因为，他们曾经虚构的未来，已被我们行走在今天。

可惜，今天已经没有多少人在读王小波了。不惟今天，10

年前当我正式进入阅读时，"萧红热"，"张爱玲热"，"三毛热"，"王小波热"，甚至"余秋雨热"，早已冷却多时。所幸，我还能捡到一些残渣冷炙。

我不是一个喜新厌旧的人。我不敢否认新生代作家们的价值，但那些裹着商业皮囊的作品，我委实难以进入真正的阅读状态。我迷恋上个世纪八九十年代的音乐、影视、文学作品，在我看来，那是我应得的养分回填。进行那些经典之作的阅读过程，就像在颤抖地解开姑娘的衣襟。尤其是先锋文学作品，虽是隔了些年月，却是上帝垂下的钓饵，让人欲罢不能——而中国最先锋的作家王小波，偏偏又不属于先锋作家群。

我对一个作家的钟爱往往过于偏执，像追星一样不放过他们的只言片语，包括去阅读他们那些断烂朝报乃至不入流的作品。比如余华，即便他十年磨一剑的《兄弟》《第七天》饱受争议，我依然坚持认为他是中国当代最优秀的作家、他的《活着》是中国当代最好的小说。

上乘的文学不一定要有多么复杂的修辞学，只以人文关怀默默烛照。这对我的写作认知产生了新的触动。当然，受益的还有记录我阅读状态的媳妇，她为此专门写了一篇散文《向厕所借读》，并以此文斩获第二届"沫若杯"全国读书征文二等奖。

看来，阅读不仅能够丰富自己，也能成就别人。或许，这就是我所能理解的"艺术的真谛"。

山月不知心底事

人对水的饥渴感，与生俱来。

逢大川展臂翱翔，遇大海脱鞋挽裤，见到夏日的沟渠溪流总喜欢赤脚蹚过去，即便是雨后巴掌大的水坑，也想用脚穿梭一下。水漫过足踝、滑过肌肤的那一瞬间，千百种通泰钻进神经，浑身的毛细血孔都竖立起来，那种清爽感，那种熨帖感，那种沁脾感，胜似春风十里。

于一个男人，一条戏水的溪流也许就是整个童年。以至于长大后，把《美人鱼》的影视拍了一部又一部，把一群光屁股男孩跃入水中的照片在微信朋友圈转了一遍又一遍。

那样的似水流年，三天三夜都说不完。也许是关于一段偷瓜藏入水底的狡黠，或许是与一群小伙伴从水坝高处纵身一跃的勇敢，又许是与几条鱼在浅水区不期而遇的狂欢……

总还记得那些个溽热的午后，小心翼翼地冲破父母的视线，欢快地奔跑在晒得滚烫的乡间小路上，蝉鸣和烈日在头顶呼啸而过，玉米叶子沙沙的摩挲声被轻快地甩在身后……终于冲到那片水塘前，迫不及待地褪光衣物，赤条条地蹦进水中，淤泥里的气泡顺着脚底窜涌上来，一股原始的混沌的气息瞬间顶上脑门。

也总还记得那些夏日傍晚，成群结队的男人和男孩走出家门，走向公路旁的大水坝，借着暮色的掩映在水坝里淘洗一天的泥和汗渍。那壮观的赤裸之林，让路过的女人们掩面而逃或谩骂不止。一汪水，要装下多少岁月的回声。

一晃许多年过去了，当年的光屁股男孩长成了粗壮的男人。他们中，有很多人离开了那片水塘或是那条溪流。这些年，跟着河流跟着沿途的风光，翻过一座又一座山川，路过一轮又一轮明月。然而，山月不知心底事，河流也越流越缓。很多时候，他们想让脚下的河流一如既往的盛大，能随着成长的脚步从乡村流到都市，能从故乡流到世界的尽头，却发现其实它流不了多远便已涓滴、断流、干涸。

随着时光的推移，身体河床的生机不再，汩汩无穷的水流也不再。不知从什么时候开始，脚上一年四季套着棉袜和皮鞋，好多年没有赤脚戏水了，甚至好多年没有下河洗澡，那些曾经给童年带来无限趣味的地表水，就这样在心底干涸。

山还是当年的山，月还是当年的月，只是夏日最盼望的事，不再是那"一片水"。

心中虽无水，身却一刻也未离开水。水，已被打倒、揉碎，摊到生活的每一个毛细血孔里。它是忙碌生活赐予的汗水，是疲倦人生馈赠的泪水，是内心无数次澎湃堆起的苦水，是终日穿肠而过的酒水，是阶前点滴到天明的每一场雨水……再多的"水"，也撑不起童年的臭水塘。

在这样一个沉闷的午后，从千头万绪中抽身，恍坐在时间的长河里，偶然想起那些年的夏天、那些年的水趣，嘴角不经意地浮起一抹浅浅的笑。

仅此而已。

任性端午

在芒种之后，在梅雨之前，端午施施然驾到。

然而，从未有哪一个节日像端午这般喧闹、这般任性。

它让水横流、下注、波涌、悬沫、卷涡、呐喊。这一天，多少遒劲的汉子、多少纵横的龙舟、多少喧腾的锣鼓，呼啦一下沸腾一条条河流。那突如其来的热腾腾的场面，将一条河流的平静、将一座城市的平静泛起了不息的波澜。

它让漫山遍野如仲秋般黄遍，麦子披上金黄的外衣、垂下金黄的穗子、吐出金黄的麦粒。太阳贪婪地觊觎着自己投在大地上的金色海岸线，它想象不到一个初夏的节日也能有秋天的盛装：大地醮黄，硕果飘香，原野鼓荡着枯黄的季风。是的，它竟能霸占一半的秋色和收获。

它让艾草、菖蒲、鸡蛋、大蒜、荷叶、芦苇、粽子、黄酒、香囊……坐卧不安。竟有一种草是为这个节日而生，结束无人问津的生长过程，突然就插进每一户人家的门楣。端午过后，继续在无人问津中走向枯萎。竟有一种稻米甘愿为这个节日被草叶裹挟、被筋绳捆缚、被肉枣陷味，继而变成菱形、三角形、锥形、方形、筒形，它可是在锅里在碗里日复一日晶莹的、舒缓的、敞怀的大米哎。为了一个久远的节日，那些草木与食材奔走呼号。

它让泛黄的历史多了几分生动，让一段段被忘却的回响又一次跃下书脊：屈原、伍子胥、介子推、曹娥、陈临、勾践……民间塞给它多少记忆，它都能在这一天穿越寄来。有些名字呼声水涨船高，有些名字渐渐沉入岁月的长河。

这爱折腾的端午，竟连自己也不放过。端阳节、五月节、龙舟节、浴兰节、女儿节、诗人节……它足有二十多个名讳。哪个节日能有这般任性？三个、五个名字还不够吗？你得感喟，只有浩瀚的中华，才能和而不同地将无数个记忆、无数个习俗串成同一个端午。

作为缅怀华夏民族高洁情怀的节日，它任性得起。

作为纵横汉字文化圈诸国的传统文化节日，它任性得起。

作为中国首个入选世界非遗的节日，它任性得起。

它一度与春节争饕餮、与元宵争花灯、与清明争祭扫、与中秋争团圆、与国庆争喜悦、与重阳争浓情。

水上、田野、舍前，眼中、嘴中、腹中，它嘚啵嘚地兜转，快转晕了也不肯停歇。

不能再夸了，再夸它就要上天了。

尤其是今年邂逅了高考，又撞进了猴年马月，端午更是嘚瑟地忘乎所以。你们欣欣然的人生大考啊，你们心心念的猴年马月啊，只因与端午相遇，挂一束艾草，嘬一口雄黄，多少好运从此来，多少梦想照进现实。

端午过后，新的梦想吮露萌芽，玉米在麦子睡过的温床上摧枝绽叶、伸出秧苗，大豆、花生、山芋向着绿油油膨胀。庄稼旺盛，大地复绿。盛夏以其独有的风流，从端午手中接过任性的接力棒。

秋回大地

秋回大地。没有"春回大地"那般轻快、明亮,那般喧嚣、峥嵘,春姑娘熬成了秋娘儿们,哪里还有半点生机和朝气?

树叶如指针,在时间的钟摆里缓缓坠落。花朵在霜露卷土前苟且偷生。云朵任秋风拉扯,节节败退。灰蒙蒙的格调,懒洋洋的温暾暾的节奏,秋,抬起手,有没有枯槁的感觉?美人迟暮。

秋花

秋天本不该有花的。

秋风瑟瑟,木叶萧萧。我花开后百花杀,哪里还有花?

桂花溢香、荻花茫茫、昙花颤巍巍、菊花绣成球⋯⋯秋花自带音响特效,自带凄婉心情。

在长汀，在沙高，在客船，在浔阳江头，在西塞山前，那沧桑满面的荻花憔悴成槁。

在山川，在平原，在沟壑，在春夏秋，格桑花走下西藏高原的贵妃榻，在祖国疆域恣意驰骋，贲张成一条条彩色匹练。

若你觉得格桑花太迎合，还有春播秋开的牵牛花。那不争春，不炫夏，在百花功成身退后，长向深秋踽踽独攀的品性，是否值得玩味？那绕墙柔蔓挥出的朵朵秀萼，是否值得点赞？看见了吗？傍晚披起薄凉的外套，牵牛花，蔫了，蔫成败血的骨朵。别急，次日迎着露水它又盛如喇叭状，它满血复活了！

秋花荣枯相与同，何必咄咄比春夏？

秋林

一场秋雨一场寒，天空依然瓦蓝。

这片林子没有什么好掩藏的，藏在春夏碧绿下的虬枝一览无余，那些壮美的树叶，大把大把地叛逃向地狱，再也不能在斑驳的小路上勾勒出欢快清圆。伸出粗糙的枝条，或许再也收不回来——只需一阵秋风秋雨。一只只酡红的柿子挂在孤零零的枯枝上，越看越像是假的。多事之秋，遍地是非。

秋林仰面长叹！

枫叶荻花秋瑟瑟。风光了一辈子，遮风挡雨了一辈子，摇曳生风了一辈子，即便没有了笑靥，没有了火辣风情，没有了顾盼生辉，也还剩下最后的"资本"，这种资本足以大红大紫，足以号令群山。

于是，万山红遍。

于是，层林尽染。

这是一种生命的沉淀，这是一种岁月的静美。

草木入秋，叠翠流金，这是最好的诗季。

秋水

秋水时至，百川灌河。

这是秋天写过的最好诗篇。秋水醉眼迷离，泱泱数百字，全是酒后疯话。

信了他的只有伊人，她们从春走到秋，从古走到今，不远千里万里，走到河边，心潮澎湃，极目远眺，望穿秋水！

秋水水波不兴，他收起放浪形骸的"水性"，读不懂"浪漫""新潮"。伊人离去，夜幕降临，他与风、与堤在寒夜中攀谈，他轻轻地啮噬着堤坝，轻轻地捶胸顿足，呜咽着，紧缩着，再也荡漾不出激情的水花。

他感觉到肠胃在蠕动，血管在告急，来自腹部的回声正一天紧一天，他辽阔的脸庞一天天清瘦下去。他不敢情绪激动，甚至不敢泪眼婆娑，他要将那两行汩汩清流留到最后。

地表水急遽向地心收拢。

他面不改色，买断秋风恣意秋。

他成熟了。

最是仲秋好时光

近来，暄气骤消。初以为是夏日在闹脾气，过几日气温又会反弹。直至夜凉渐深，直至明月渐圆，才确信时近仲秋。

这个时候的秋天，是看不到落叶缤纷，看不到层林尽染，也看不到大地金黄。除了明月。

有了月亮，便有了寂静，便有了秋凉。那一轮玉盘悬照天穹，在无边的漆黑中踽踽独行，向38万千米之遥的地球播撒出一片又一片清辉。惹得多少人驻足、抬首、沉思。心澜生潮，海波荡漾，秋虫哀唱，这就是明月的磁力，这就是中秋的引力。

秋挂心头，便是愁。

如果没有明月，中秋的况味质量大减，秋思也无处寄托吧。一个没有出过远门的人，是无法体会月亮带来的那份牵引。读到的，只是书卷里的独在异乡。父母儿女在身旁，抬头看明月，月亮还是那个月亮，中秋还是那个中秋，年年岁岁花相似。

真心地说，今年的月亮尤其皎洁明亮。连续多日的澄蓝澄碧天空，秋高气爽，太空中那些"幔纱"层层褪去，月亮豁朗开来。更为难得的是，还有寥寥星辰在漆黑的幕布上闪耀。我对儿子说，妈妈小时候，一抬头便能看见满天繁星。睡前躺在窗前的凉席上，数星星，看月亮，听故事……今天看来那份记忆真是太美好了。因为今天，不见"星垂"，唯有"月涌"。

再厚的臭氧层也挡不住月华。难怪古往今来，唯月亮最长情，唯月亮不负心，唯月亮最恒远。

有风吹来，淡淡的有着桂花的香甜。这是一年中最好的时节，连风都是甜的。春风是暖的，夏风是热的，冬风是凛冽的，唯秋风是飒爽的。即便没有桂花酒助兴，蹚着清风，任风抚摸肌肤、吹拂衣裳，多么惬意。

风习习地吹，风飒爽地吹，四面八方涌来，祥宁而清淡。有好几次下班途中，我关掉空调，打开车窗，在溶溶的月光下缓缓滑行，任风拂面撩发，任风吹去一天的疲倦。我喜欢这样的夜晚。我走，月亮也走，清风也走，不离不弃。然而，这样的夜晚又是短暂的。月亮圆了又缺，过不了多久，秋风就要扫起落叶，车窗重新摇上，空调重新打开。

所以啊，唯松尖之清风与山间之明月，最是怡人，最是中秋。

别慌，别慌，还有蟹呢，还有石榴呢，还有月饼呢，还有……一年好景君须记，在初秋和仲秋之间，月正圆，风正好，蟹正肥，桂花正香，荷还擎着雨盖，菊也散着淡雅，生活犹如画卷。那么，还有什么理由不去陶醉？放下那些即将到来的"悲寂寥"，抛开那些异乡的异客的烦恼——举杯吧，邀月同醉！

紧衣夜行

去年 11 月，徐州已是寒风起，坐飞机去了一次南方。

观音机场的飞机一向晚点，原定晚 8 点的航班拖到深夜 11 点才起飞。儿子上飞机后，兴奋一阵子便进入了睡眠。我束紧衣衫，守着他，睡意全无。每一次带孩子出门，整夜不敢睡。在飞机上，在火车上，在轮渡上，在无边无际的黑夜中，只能把目光在孩子的脸庞与窗外来回切换。

飞机在"黑灯瞎火"与"灯火通明"的不断交替中一路南下，那是村庄与城市的交替。在黑夜，大半个中国或明或暗，那些"暗"在飞机上俯瞰都是黑乎乎的一团，或是树梢，或是房顶，或是梯田，或是整齐的庄稼。而那些"明"却不停地变幻着形状，乌龟，奔马，祥云，太极，田字格，井字格，城市干道上的路灯灯光织成了一个个甲骨文，一个甲骨文就是一座城市的交通规划图。

一座城市的模样、风格、气度、理念，在飞机上一览无余，只是白天航班很少有人去关注。白天的兴奋点在窗外的白云，那些千奇百状的云，成为最好的窗外。只有飞机快要降落时，才去抽出余光打量一下脚下的目的地：这就是重庆？这就是北京？看这楼宇山体的跟俺们县城也差不多呀。

凌晨2点，飞机抵达深圳。儿子睡眼惺忪地从我的怀中醒来，他是被南方溽热的亚热带海风热醒了。他走在灯火辉煌的深圳机场里，好奇地打量着这座飞机造型的机场。这又是一个城市风格的印记。

一周后返程。

这一次，我们从广州坐高铁一路北上。火车在崇山峻岭中穿梭，村庄意外成了主角。那些在飞机下出尽风头的城市被火车平视的目光忽略，被万千青山与田野遮挡。村庄的建筑模样和大山的形体数量，成为一个地方区别于其他地方的代言。同样也是甲骨文，忽而是雕刻着的是葳蕤着的，忽而是质朴着的是孤零着的，忽而是曲线着的是奔跑着的，无法一窥全貌，只能游走在字体中，用想象力去感受中国地图上的一个又一个符号。

儿子在9个小时的高铁行程中坐不住了，他一遍遍地离座，从一个车厢到另一个车厢转悠，在这单调的游戏里，他在试图快速通过南方，他也在试图多挽留一会儿南方。他对车窗外的每一个中国土地，都有自己独特的感知，可是我读不到，也读不懂。我不希望他会有我这种穿过异乡的惆怅。日暮乡关何处是，无边黑夜在天际。

想起又一次长夜慢车之行。火车擒住铁轨，在黑暗中一路向烟台奔跑。每一个停靠的站台都是那么安静，晕黄或煞白的灯光中，火车停下喘息，涌上来一群倦容夜行人，他们把脖子缩在衣领里，他们把夜色的寒冷带上了火车。好漫长的一夜。好在是，儿子从此相信，火车上真的有床铺。他蜷缩在窄窄的卧铺上，枕着大山，枕着河流，在铁轨和火车的碰撞中甜甜入梦。

火车悲怆的笛声在夜色中分外寂寞。

我把对终点的所有想象力都放到百度里，一遍遍刷着手机，直到，山的轮廓、河流的轮廓、树影、村影，从黑乎乎变得逐渐清晰起来。

炼心

先说两个心胸狭隘的人。

一个是野史记载的剑侠白泰官。故事发生在清雍正年间，剑侠白泰官闯出名堂后回乡，在村头遇到一娃在练剑，白泰官看到此娃将来剑术会超过自己，一时妒火烧胸，趁四下里无人……娃儿绝气前抛下一句话：我爹白泰官一定会给我报仇！

另一个是《唐才子传》里的大才子宋之问。宋之问写了一手锦绣文章，他的亲外甥刘希夷也不是吃素的，写了一句教科书级的名句——"年年岁岁花相似，岁岁年年人不同"。宋之问一眼就相中了这句，爱不释手啊，为了占为己有，老宋妒火中烧，将他老姐的心头肉"使奴以土囊压杀于别舍"。

枳句来巢，空穴来风。这两个家伙在同侪中的名声要是很好的话，也不会有野史来编诽他们。虽是传闻，听了也让人直跺脚。就算不懂"君子有成人之美",至少也知道"上天有好生之德"吧？摁不住胸中的猛虎,就会被猛虎反噬。噬了自己,也连累了别人遭殃。

一心不生,万法无咎。

赵州禅师有句名言警句,金佛不度炉,木佛不度火,泥佛不度水,真佛内里坐。用今天的话翻译,就是靠山山倒、靠人人跑,关键得靠自己。自己要是揉不下胸口那团火、那股气、那股戾气,任虎生翼、出柙、冯河、攒羊,万佛来了都不好使。自己要是强大了,胸有猛虎,细嗅蔷薇。

我佛慈悲,我即是佛,佛即是我。

所以,要炼心呐。

人这一生,说是身处万境,实则是万境攻心。世间万事细如毛,磨损胸中万古刀。想想看,每一天每一时每一刻,甚至每一分每一秒,都有排挞不完的烦恼、悲伤、失落、忧思、恐惧、焦灼、混乱、是非、生死……这不是万境攻心,这简直是万箭穿心。

牵一"发"尚且动全身,遑论一身之主的"心"？

多少"箭"射过来,最后都得要把它们融化掉,变成慈悲、喜舍,变成信仰、宗教,变成般若、精进。只有一寸大的心,竟能吞吐消化掉庞大的世界乃至宇宙,继而在内心构建一座人生小宇宙。这就是炼心。

"方寸"决定"分寸"。回过来看,倘若白泰官在紧要关头知道自己还是个名震江湖的"剑侠",倘若宋之问要能有点"偶得一俩句、吟断数根须"的节操……算了,宋之问是个完全没有节操的家伙，骆宾王和他，同样是被武则天赞不绝口的两个人，一个是因为作檄讨伐惊得武后一身冷汗，一个是却是阿谀媚附舔得媚娘心花怒放。

心越狭隘，越要自我救赎，越要将那颗偏执而躁动的心驯化、驯服。

心若安生了，天下能有多少惊涛骇浪？就算是惊涛骇浪，也能泰然处之、等闲视之、一笑置之，人生境界便会大有不同。心由境生，境由心止。所以说，快倾城的时候，才成就了白流苏。

近来读诗，又读到白居易三首诗逼死关盼盼的桥段。老白不讲究，见不得人家地角天涯的痴情，尖酸刻薄了吧，心胸狭隘了吧，一句"见说白杨堪作柱，争教红粉不成灰"，就把关盼盼怼死了。当真是"美女无恶，入室见妒"，看来再牛气的大诗人也概莫能外。

今天，关盼盼守节的燕子楼还在徐州云龙公园里空着。来来往往多少人，又有几人能从中读懂内心之圣？

说恩

微信朋友圈有碗被转载了很多年仍被高频转载的鸡汤《扶了我一把的人，这辈子不能忘》。

"扶一把"的鸡汤，1000 年前就煨过。

扶一把的人是宋神宗，被扶的人是王安石。那一把，扶得可不短，整整 17 年之久（公元 1069 年至 1085 年），46 岁的王安石，年富力强的王安石，雄心壮志的王安石，得以大展宏图。那一把，扶得也不轻，透过千年时空，仍能感觉到熙宁二年掀起的那场轰轰烈烈、争议不绝的改革运动。纵群情汹汹，纵民不聊生，纵忧形于色，宋神宗仍然坚定不移地支持王安石变法。一片君心在玉壶。王安石能不感动吗？

于是就有了那篇鸡汤雄文《伊吕两衰翁》，就有了那句发自肺腑、铭记五衷又春风得意的——"若使当时身不遇，老了英雄"。

滴水之恩，必涌泉相报。

人，是要有感恩之心的。国人很看重"恩"，给予就是恩，给予帮助是"恩人"，赐予知识是"恩师"，提携是"恩遇"（知遇之恩），夫妻是"恩爱夫妻"，就连妓者对投资消费自己的嫖客也要尊称一声"恩客"。你看那些从历史传承下来的词语，稍一点恩惠就是"恩山义海"，倘若是大恩惠，那就是"恩比天高""天恩浩荡"。

双方关系崩了，也是先"恩断"了，然后再"义绝"，恩不先撇清了就不可能友尽。这一点在乡邻间表达最直白。东家和西家开撕前，会把对方之前馈赠给自己的物品悉数归还，以示"不再有一毛钱关系"。

恩要常常念着，在嘴里，在心里。几千年的文化驯化，一代又一代人的口头刻着"大恩不言谢"的禅，心头刻着"深恩几于仇"——把恩情像仇恨一样牢牢记着。这个有"口"有"心"的象形字，真是折磨人。哪怕只是"滴水恩""一饭恩"，也要把它当作人情债，时时祭出，以慰双方。

一个人，每年都要拎着礼品，去远方的另一人家感恩，感恩的鸡汤大概都是这般：倘若当年不是你接济的那一顿饭，我早就饿死了。像是一种思维定式，双方已经在这个定式两端达成了道德守恒：我施恩于你，你记恩于我。这样的情节，在几千年的人情社会里反复上演。最有名的当属韩信的"一饭千金"。只是，没有那一顿饭，真的会饿死吗？

最近，"江歌母亲与刘鑫"燃爆舆论场，一个满世界逼对方出来承认"欠下江家天大恩情"，一个则被冠上"忘恩负义"的头衔在唾海中挣扎。所有人的道德天平都被"恩"倾覆了：就算不感恩戴德，也不能恩将仇报啊！

我们对"恩"的正义感太足了。

到福利院做活动，福利院的孩子要例行馈唱《感恩的心》。慈善捐款现场，要播放《感恩的心》。断了肢体的残疾人趴在路边或爬着行乞，要随身携带《感恩的心》的低音炮。仿若，只有《感恩的心》才能修复身体和精神的残缺，只有《感恩的心》才能回报来自健康人群的施恩。

然而，心是一把横躺的刀，"心一横"，什么事都干得出来。恩，还真不是一唱就明晓的理儿。元稹是感恩发妻的，一边曾经沧海难为水，却一边风流成瘾户半开。说好的报答平生未展眉呢？说好的一夜夫妻百夜恩呢？李绅是感恩老农的，一边写"粒粒皆辛苦"，却一边"美宴浑闲事"，甚至有段子恶搞李绅"日啖鸡舌三百个"，让登门做客的刘禹锡口水流了一地。钱谦益是感恩朝廷的，一边"忠勇殉国"，却一边"倒卖皇位"。所谓气节和节操，只一句"水太冷了"就碎了满地。

人心不古，恩情是经不起任何检验的。最好的方式是：给予，不计回报。

乡村冬天的树

这个季节，乡村应该是什么样子？

草是枯黄的，血色全无，一根根如同丢了魂的醉鬼栽倒在路边。在冬日的清晨醒来，挂满霜和泪。

路是土黄的，在钢筋水泥占领之前，它们被牲口、农具和贫瘠踩成一条条干涸的黄河。上一场雨留下的车辙沟凌乱地隐现其间，三三两两的麦秸秆遗落在沟壑里，在下一场雨里与路融为一体。

最能代表冬日乡下的，还应是那些树。

我第一次看到它落魄的样子。光秃秃，冷飕飕，没有树叶的坠压，所有的树枝都向上攀缘，像一把把没有罩衣的伞。杨柳不依依，摇曳不多姿，写满了冬日的光景。分不清它是死还是活，亦看不到一点生命迹象。乡村的树在冬日，就是一截枯木罢了。

倘若一片树林，更是一片萧索。上面，枝条如同生了锈的钢筋，胡乱无序地延伸着、交织着。也有应风而折，被勤劳的喜鹊悄悄捡起搭成巢穴，风起时，鹊巢在树顶摇摇欲坠。中间呢，水泥一般的树干，立成了高架桥下的柱子。下面，落叶归根。枯叶如一张地毯覆满整个地面。不再是写在地上的金黄散文，也不再是簌簌飘落的诗情画意，甚至没有半点美感——褐色的枯叶，丑陋如垃圾堆，荒败如坟茔。没有环卫工人的清理，只能静静地等待腐烂。

城市里这个时节却仍然满树挂绿。那些四季常青的"江南一叶"走过崇山峻岭，在北方的城市扎下根来。冬风飘起时，砸落地面的仍是一片片劲道十足的绿叶！也有红色的黄色的紫色的"洋品种"落叶，落成一道道风景，被摄影爱好者品读一番后再被环卫工人清扫。

城乡之别竟至如斯，连树竟也是两个世界。

从小到大，无数次去阅读冬天的树木，然而从"绿叶"到"褐叶"，却是平生第一次。我不该在这个时节来看树的。城市的女文青从不在这个季节来乡村旅游的。早两个月来，铅华还未洗尽，"褐叶"还是"黄金叶"。再早两个月来，桂花飘香。再再早两个月来，槐花飘香。现在，整个乡村都不是香的了，那些树叶甚至已生出腐烂的味道。踩在上面，升腾出灰色的瘴气，让人避之不及。

然而，这些走不进城市的榆树、杨树、槐树们，却真实地表达了乡下的冬日，也理应成为主角。

它们本来就是乡村的主角。踏春，避暑，访秋，"树"始终是这些活动的主场。不是吗？在百花未开时它率先一步抽出一抹绿，成为开春的第一声锣鼓。在百花殆尽后它绿色如茵，罩在乡村上空，成为纳凉的天然斗篷。在秋高气爽时节它又以一树金黄留取镜头，成为挽留温暖的最后一道记忆。

冬天，只有树才能辨析出冬天的脚步。风凛冽不凛冽，须问树——呼啸声穿过树林奔走得很远很远。雪下得厚不厚，须问树——雪压断枝条的声音在雪夜里格外清晰。冬景美不美，须问树——"忽如一夜春风来，千树万树梨花开。"

冬天的树又是一种力量，一种蓄势待发，一根根毫不起眼的枯木，外表是那么粗糙，那么干枯，剥开树皮，肌理仍是鲜活的。来年，一场春雨过后，便化腐朽为神奇，抽出新芽新绿，如发面的引子，迅速发酵出一盆丰盈，生长出一片葳蕤。

这就是乡村冬天的树。如那农耕大地上的亿万农民，他们经遇多少个冬天、困厄、苦难，甚至失了养分，褪了容颜，枯了枝叶，却始终屹立不倒，在默默地积攒着力量。来年，在时代的春风里裁出新叶，生长出新常态。

这是一种精神，这也是一种智慧。

鸡

鸡是我见过的最胆小、最呆板、最……算了，它又不是从恐龙蛋里钻出来的。

我目睹过它被黄鼠狼劫持的过程。一群鸡木愣愣地站在鸡圈里，见到黄鼠狼破门而入，只会往墙角挤成一团。你啄它呀！顶它呀！扑棱它呀！估计鸡们在危险时刻大脑已一片空白。挤在最外面的鸡被黄鼠狼放倒在地，又笨，又呆，惨呼两声就蹬了声。最不堪入目的时刻出现了——它竟"乖乖地"被黄鼠狼押着翅膀走出鸡圈……还有更愤悱的，过了一会儿黄鼠狼又一次杀回鸡圈，故伎重演又挟走一只鸡。

我把鸡圈门打开，拿着大手电往里面扫射，鸡们这时却安静下来了，黄鼠狼躲在谁背后你倒是叫唤一声呀！末了，我只好一只鸡一只鸡地检拨，鸡们迷糊着愣在那儿，都大难临头了仍神志不清，真是让人着急，难怪有成语叫"呆若木鸡"。当黄鼠狼躲无可躲，从鸡的后面仓皇夺门时，鸡群却沸腾起来了。

早干什么去了？！

算了，不点评了。

白天，鸡们面对突如其来的危险反应却大相径庭。哀鸿一片，悲惨一片，破马张飞一片：有的喊破了嗓子，惊恐绝伦，那声音真难听，用我们的方言就是"喊黄腔"；有的夹着翅膀缩着头逃窜，仓皇夺路，急不择路；有的直接瘫倒在地，一条腿在地上干划着，身体不停地颤抖，粪便沾满尾巴；有的瞬间把自己当成一只大鸟扑棱棱向天空冲去然后摔成一只傻鸡……

也许因为胆小，鸡时有幻想症。对，它最大的幻想就是自己是一只鸟，可以一翅冲天。也许是受到惊吓的启发，1米高的墙头、草垛、树杈基本能跃上，它们时常会在低矮的树杈上蹲着，在低垂的屋顶上溜达着，风从后面掀起它的屁股，逆着风向的衣袂让鸡们很有成就感。尽管它们自以为是的"大鹏展翅""燕子抄水"只不过是贴着地面的瞎扑棱。

当然，鸡也有鸟的本性，胆小，警觉，闻风而逃。倘若几只鸡正在路边啄食，有陌生的脚步穿过，千万别指望鸡们会像阿猫阿狗那样温顺和亲昵，大多数时候它们会像鸟一样快速闪开，也不排除有几只贪食的呆鸡在那"旁顾无人"。

但是它们天黑前却从不敢贪食。胆小有胆小的好处。黑暗对于鸡来说是灭顶之灾，是万丈深渊，天色越黯淡，它们越紧张，乖乖地进笼进窝。它们怕什么呢？所有穿身而过的人、狗、黄鼠狼……都是它们认为的食物链上游消费者。

　　也有好勇斗狠的鸡，几只鸡收拾一只鸡在鸡群里比较常见。啄肛，啄头，啄眼，血流不止，鸡毛脱落，甚至夺眼夺肉都是家常便饭。这就是鸡的劣根性，窝里横，对手足同胞可以毫不手软，遇到黄鼠狼却放弃抵抗。

木樶子

我起初关注的是那头猪对木樶子的反抗。

它从猪圈被赶出后，还以为获得了自由，不料却被木樶子拴住了。一截死了的木樶，拴住一只鲜活的猪。它的人生轨迹从此由猪圈的长方形变成以木樶子为圆心的圆形。

不知从哪天开始，它发现了这种变迁，它变得躁动不安，一圈又一圈地绕着木樶子傻转，嘴里哼哼唧唧地念叨，继而是哼哧哼哧地喘息，热哈哈的白沫子在它嘴角的毛茬上久久不消。转累了就往前奔走，试图将木樶子连根拔起。折腾过后，一道粗戾的红色勒痕在它的左脚腕上定格，许多天过去，那道勒痕尚在，能想象出它与木樶之间进行过多少次冲突。

又过几天，我去看它，那只木樶子已经被它啃得只剩下光秃秃的"树干"。树皮被扒光后，木樶子倒是更像木樶子了。

猪是怒了、饿了还是无聊了？它不说，听见脚步仰起脸傻呵呵笑（猪是不能仰着脸的，角度自己想象）。

继而，一条狗被拴在猪的隔壁。

这条狗对脖颈上多出的绳索莫名恐慌，它蹲或躺在地上，打着圈儿，缩着脖子，一遍又一遍寻找脱离的路径。它甚至把头支在地上，一点点磨，一点点蹭。那头猪在边儿呆呆地"欣赏着"，末了，把肥大的头横在地上，呼呼睡去。

狗没有读懂猪的揶揄，却发现了绳索尽头的那截木橛子，它使出了毕生之力，拉、拽、跳，却始终无法挣脱。它变得狂躁起来，凶猛狂叫，失声嘶嚎，甚至可怜地呜咽，真的，它整整嚎了一夜。那可怜巴巴的声音把窗棂撕得摇摇欲坠，一些积压多年的尘埃惊吓跌落。

翌日清晨，我特地跑过去探望那条斗争一夜的土狗，它把整个身体瘫覆在地面上，眼睛从地平线上无力地打量着我。那根木橛子被它用越缠越紧的绳索抽打得歪向地面。

我跑过去向母亲求情，母亲一口回绝了我：这条狗再不拴上，就要把家里的鸡咬死光了！我抱有最后一丝希望：如果狗把绳子咬断，或者把木橛子拔出地面，可以放过它吗？母亲阴着脸径直向木橛子走去，蹲下，扶正，捡起边上的砂礓，将那根木橛子重重地夯进地表。我能听得见脚下的泥土疼得直抽气。

最让我措手不及的是，母亲很快又将狗脖子上的绳索换成了铁链子（太狠了吧）。那根木橛子要受罪了。我这样想。可是，我想错了。母亲说的没错，拴两天就老实了。那条狗太怂了，就这样认了命。它把头支在地上，强迫自己像那头猪一样——睡死算了。

我管不了了。

暑假回家。那头猪又胖了很多，它鼓着圆肚子在木橛子旁边依然暗无天日地酣睡。那条狗，将自己的那截木橛子尿得湿漉漉，甚至将粪便也堆满木橛子。它太流氓了！狗与猪的相处，依然是一个在咆哮，一个在睡觉。

晨跑时，我将狗链从木橛子上取下，给它短暂的自由。狗迟疑了一下，真的，我能读懂那种彷徨的眼神：迟疑。它撒欢地向前奔跑，我像一根拔出地面的木橛子被它拖着向前拉扯。末了，它竟然从我的手里挣脱，像箭矢一样向远方投去。过了一会儿，那条狗竟然自己跑回来了、竟然老老实实蹲在木橛前，等候被拴。请看清楚，我用了两个竟然。我太瞧不起它了。

那头猪兀自玩得酣畅。从春睡到夏，睡够了。现在它的乐趣是，用嘴拱脚下的泥土，拱出一个又一个深深浅浅的坑，然后在里面跌打滚爬。它将猪头扔在坑上面，将身子横在坑里面，睡得似乎比以前更香。或者，它在作业时，突然会警觉地停顿，竖着耳朵听邈远传来的声响，尔后继续低下头拱土。很快，它拱到了那根木橛子附近……木橛子脱离了地面。狗看呆了。猪却不明就里，继续有一搭没一搭地拱着泥土，然后拖着木橛晃晃悠悠地向前寻找下一个作业区。它漫不经心离开，越离越远，丝毫不知道自己已成功"越狱"。

目睹这一切，狗出离愤怒了，它狂叫起来，对自己的木橛子发起最歇斯底里的攻击。江山美人，荣辱兴亡，智商高下，那条狗快被猪逼疯了。它脖颈的毛发被勒掉一大片。它一定认为，不讲忠诚的人是世上最可耻的人。

我替它说了吧：这该死的木槭子。

初雪到

推开窗，雪花纷飞，恍然如梦。前几日，朋友圈还是灿黄的银杏叶子铺成时光隧道，今天已然是雪花飘飘，皑皑白雪刷白了道路和房檐。一派人间新气象。

2016年冬，第一场雪。前几年直至过了春节还盼不来这美丽的未央花。这几年的初雪，却越下越早。这个让人捉摸不透的小精灵，盼它时越盼越不来，不念时它又突然提前抵达。守在暖气房里，感受着窗外的"断崖式"降温和冰雪凛寒，心头一时间涌来多少思绪。

雪大概是一年中最沉重的脚步。在雪地踏上脚印时，意味着寒冬已然到来，意味着漫长的一年快走到了终点，意味着又过去一年又老了一岁，不由悲念起。人是最可怜的生物，伤春，悲秋，惜夏，怜冬，好端端的要被四时变迁、被风花雪月牵着引着，何时得自由？

突如其来的一场雪，给予多少人喜和忧。

孩童喜它，又有了一场疯狂的雪中游戏。文艺青年喜它，又有了可咏可画的白山黑水景色。农人喜它，又是一个瑞雪兆丰年。赢弱者喜它，白雪濯洗去多少病菌和忧愁。

环卫工人忧它，又是一个冰天雪地的夜战。骑车者忧它，又要挨多少次滑地摔打。运输者忧它，又有多少货物搁浅积压在路上。乞讨者、贫寒者忧它，又要冻伤多少脚趾和暖望。

我喜不喜雪呢？好像我也不知道。初见雪时应该是惊喜吧，伸出一只手在雪下等着，这晶莹的六瓣玲珑，白白的，凉凉的，绒绒的，轻轻的，在手心里翩跹起舞，忽而就羽化成仙，怎么能不喜欢呢？倘若纷纷扬扬下它三天三夜，银装素裹，玉树琼枝，踏雪寻梅，脚下咯吱咯吱，眼前梅花含香，更是美不可言。倘若要在雪中上下班，要在雪中骑行，要在雪中跋涉，要在雪中手提肩扛，再赶上封路、堵车、擦碰，随之而来的各种生活烦恼……嗨，别提多闹心，别提多生厌。

雪不知人间悲喜，兀自纷纷扬扬。从早到晚，从北下到南，累了就依靠在灰蒙蒙、冷萧萧的天际歇一歇，看着大地上小心翼翼的行人和车辆，冷眼哂笑。心情大好时有一搭没一搭地撒着小雪沫，心情狂躁时肆虐狂泼，管你是朔方还是南国，一样赐你冰天雪地。在大自然面前，你又奈何？

其实啊，雪只是雪。若心灿如花，看雪时是美景如画，即便悬崖百丈冰，也是山花烂漫。若目滞眉凝，看雪时多少积存的心事都白了头。心境如雪境，本是白茫茫，何处惹尘埃？且别盯着天空张望，你低头时，地面早已白茫一片。

鲁迅先生说，"雪，是死掉的雨，是雨的精魂"，这大概是最中肯的解读了。雨死了，多悲伤，然而精魂留给了雪，依然能飘落人间，依然能洗濯人间。我们笑脸且迎着就是。

边城丹东

辽阔中国一路向东北，奔跑到鸭绿江畔，猛地刹住了脚。

这便是——丹东。

边陲小城丹东，成了偌大中国的一道国际分水岭。它是中国海岸线的北端起点，大海从这里出发，一路向南迤逦1.8万公里。它亦是中朝界河的南端起点，鸭绿江从这里出发，一路向北795公里。于是，所有的目光追寻到这里，便都成了眺望。

几百米宽的鸭绿江，挡不住热切而好奇的目光。多少人，穿越大半个中国，只为到鸭绿江畔凭栏打量。对岸的朝鲜人，对岸的朝鲜建筑，对岸的朝鲜庄稼，乃至路边的小草，江边的鹅卵石，都被丹东的目光无数次抚摸，都被大半个中国的目光轮番关注。

大多数的目光走不过去。只有江畔的风和水波上的鸟，才能在两岸无拘无束地来回穿梭。

鸭绿江中三座桥，静卧在友谊的时空里。

一座是浮桥，桥身已羚羊挂角，只有那100余根圆木桥墩，任时间与流水擦肩而过，任相机和汽轮擦肩而过，悄悄缅怀那段唇齿相依的友谊。

一座是断桥，中国这一半雄峙在江中戛然止步，朝鲜那一半已被麦克阿瑟的炮弹摧毁，成为那场侵略战争的活教材。

还有一座铁桥，是中朝友谊桥，一列火车正在缓缓驶过。外交，贸易，旅游，一座单线铁路和公路并行的陈旧桥梁，成为鸭绿江两岸唯一的大动脉。

60年前，这些桥上的友谊是那么的热腾腾、泪汪汪，那么的雄赳赳、气昂昂——伟人毛泽东大手一挥，威武的雄师过大江。

今天，走出丹东火车站，毛主席决然挥手的雕像仍高高矗立，让人精神为之一凛，不由得顺着手势走向鸭绿江。泱泱中华，毛主席雕像遍地伫立，独这座雕像，给人以雄迈之感，更给人予安定之感——是的，行走在这座东北边城，没有荒僻感，没有荒凉感，没有慌乱感，有的只是安宁与祥和。

鸭绿江畔是安详的，风徐徐地吹，脚步悠悠地踏，音乐轻轻地跳跃在江面上，一艘又一艘的游轮浅浅划过，两岸洗衣的妇人同时直起腰，捋一下头发，看了看对岸熟悉的身影。在时间河流的两岸，她们一同从安静走向安详。

丹东城是安详的，朝鲜文与中文在一条又一条街上辉映前行，朝鲜医院，朝鲜饭店，朝鲜特产，恍若真的到了朝鲜。因为边城少不了来来往往的异国人，渐渐便有了异域生气，也便有了足够的吸引力。一拨又一拨的游客徜徉在其间，感受两种文化的交织之美。

偏远而不失热闹，热闹而不拥挤，边城丹东就这样每天迎着红彤彤的太阳，安静地注视着鸭绿江的每一寸碧波，等待着鸭绿江两岸一拨又一拨的脚步和目光。

如果你在冗繁的生活中跋涉太久，不妨来到丹东，来到鸭绿江，感受一江水与一座城的安适。

唯有茶香能致远

早前听过这样一句话,"世界给了宜兴一把紫砂壶,并没有忘记在里面放一片茶叶"。江南水城宜兴,被誉为陶都、洞府、茶洲、竹海,尤以"紫砂壶"和"阳羡茶"闻达。这两样都是精细活,大抵可以证明宜兴人非常细腻、惠巧、精致。

这次南下宜兴,我就在琢磨着宜兴人,尤其把眼睛往他们那双巧手上瞄,脑海里反复想着四个字:工匠精神。

不巧的是,培训是在无人打扰的静修区,见不到"正宗的"宜兴人(见了我亦不认识)。

也巧的是,行程最后半天安排了采风,得以一近宜兴、一近宜兴人。

第一站是龙背山森林公园,一路江南美景入怀,极目处绿意萦怀。绿本不分南北,但宜兴的绿浓烈中却裹挟着精致——

漫山茶园，遍野草坪，茂林修竹，群山叠翠。丝丝烟雨里挟着清新怡人的空气，嗅一口，只觉鼻腔里脑门里全是茶香味、草叶味，沁人心脾。

或许是工作日，人迹寥寥。在一处茶馆前驻足，竹制的建筑颇有韵味，入门后，不见寻常店铺里的柜台和大肆招揽生意的卖家，深色木地板铺就的平台上整齐地排列着小桌，桌上有整套雅致景泰蓝茶具，桌前是白色的蒲垫，引得人不自觉地盘腿入座。见有游客，一些白衣女子轻盈飘来，往每桌的茶壶里送进几片茶叶，一位年龄稍大的女子坐在正前方的小桌前，自顾诵读起桌上的一本书来，"茶即人生，茶即深情……"，嘈杂声渐消，翻开桌上的书，静下心来，跟着轻声诵读起来，读罢一篇，茶水已沸，仿着那女子的架势，温具、置茶、冲泡、倒茶、品茶，一杯清茶入口，整颗心都浸润其中。

一茶一世界，一壶一人生。俗事缠身，躲进江南，安静独享一盏茶的时光，却也是世间一件美事。抬起头，这一心一意品茶、讲茶之人，在氤氲的水泽中，变得高雅清淡起来。终日与茶为伴，与壶为伍，宜兴人能不巧琢心灵？你不得不承认，茶能静心，泡茶的每一道工序都是一次修行，多少事都放下来，把那颗因焦灼、游荡、忙碌而不安的心，像一片茶叶一样，置入壶中、水中，慢慢地，慢慢地，就舒展开来。

第二站是宜兴市博物馆，这一次与更多的宜兴人晤面。馆内大堂高耸的"会元状元"相国牌楼，仿若江南士子的文成武德，直面而来。这不是普通的博物馆，至少，它是真正的"博物"馆。果不其然，通史馆、现代名人馆、风土馆、茗茶名壶馆……一字排开。

走进通史馆，徜徉在陶器、瓷器、铜镜、铜鼓中，用迟了几千年的目光抚摸那些古朴的陶陶罐罐，你就惊叹，那些普通的不能再普通的宜兴匠人，是如何将一门门精工细作的手艺传承下来的？

走进名人馆，看到宋朝宰相蒋芾、明朝首辅徐溥，看到清华大学校长蒋南翔、北京大学校长周培源，看到革命家潘汉年、画家徐悲鸿、书法家尹瘦石……看到那么多的中国工程院院士、中国科学院院士、中国作家协会会员，皇皇近百人（仅数量上就比数倍于很多地市），各领风骚，让人透不过气来。这是怎样一把紫砂壶、怎样一片阳羡茶，才能浸泡出如此独有的"人文荟萃"？

采风结束，返程回徐。最后"相送"的出租车大姐给"宜兴人"画上一个圆满句号。一个很普通的大姐，从她的身上，看不出有茶坊里那些弄茶人的精致，看不出有通史馆里那些江南工匠的精巧，也看不出有名人馆里宜兴才俊的精彩。让我想象不到的是，她的热情，她的自豪，"您看，刚刚过去的湖㳇风景区，'㳇'字念父亲的父音，是我们这里新开发的一个风景区，准备打造成周庄那种江南小镇。""我们这里还有个团氿风景区，'氿'字在新华字典里只有一个解释，就是用在我们宜兴的地名上呢……我们宜兴虽然是个县级市，但是全国百强县前 10 名……"，推介家乡的人总是那么美，一个人就是一道风景。

"临别前"的推介，像一杯淡雅的阳羡茶，只一口，便回味无穷。你带不走宜兴的山山水水，带不走宜兴人的精巧精致，你却牢牢地铭记并深深地眷恋这短暂的一段擦肩而过。

煮一碗清汤挂面

清汤挂面，世间最寡淡最简单的一道速食。

一锅寡淡的白开水，一把素净的挂面，从品相到味道都提不起任何味蕾。然而，面出锅时升腾起的淡淡清香，却有着不可抗拒的力量，刺溜声，囫囵状，热腾劲，饱腹感……纷沓而来。

初食，总觉得面香。少了各种汤料的裹挟，"面"成了真正意义上的主角。隔了些时日，再吃一碗清汤挂面，仍觉得面香，而且有一种久违的平和感。

世间万物，隔了千山万水，就分出了不同味道。面食也是，中国那么大，面食文化更是千姿百态，随便拿出一种面条都能说道半天。然而清汤挂面呢？好像没有那些文化底蕴，也没有可擀、可削、可搓、可漏、可拉的神奇做法，更没有唇齿留香、回味悠长的咂摸感。它就是一碗清淡的面，面汤清澈见底，面条利利爽爽，味道爽滑香淡，自有一种妙处在其中。

既然这样，一碗少油无盐、缺筋乏道、花样全无的面有什么好念叨的？

翻阅很多文章，都没有关于它的长篇大论。它偶尔出现的场景都是一些苦难或者落魄的场合。比如穷得揭不开锅的时候，比如加班加点饥不择食的时候。在一些怀念或者纪念乡村生活的场景里，它成为对故土对成长的回望。记不得是哪部乡村剧里的情节了：农忙时，一个村的女人们挎着一篮麦子排队去兑换挂面，回来的路上用蓝色的布罩在篮子上，几十把崭新的挂面成了珍馐佳肴。接下来的事儿就单调机械了，一家人一天三顿吃清汤挂面。我在想，天天吃，顿顿吃，为什么不会倒胃口？

多年后，我才知道，也倒胃口的，但那是农忙时唯一的主食，唯一的"力量"和"营养"。

赶时间的人，囊中羞涩的人，被雨封门的人，饥饿难当的人，清汤挂面成了唯一选择。谁家冰箱里还不备两把挂面呢？分分钟就能搞定。我是这样认为的。

我也是这样尝试的。周末在家，守在电视机前懒得下楼，就煮了一碗清汤挂面。真是简单省时，分分钟煮好，分分钟吞咽，一碗面入怀，暖流涌身，顿觉精神大振。那一刻，天下百面不入眼，独喜欢这一碗少油无盐的清汤挂面。连最后洗碗都变得省时省力，用水一冲就完事儿了。

没有拉面、板面、刀削面、油泼面的日子，我们总会要遇到的，一碗清汤挂面不也挺好的吗？不一定非要大鱼大肉，不一定非要面面俱到，在路上、在困境、在忙碌中，有一口热面该是多大的幸福！日子总要是打发的，把那些食指大动的时间节省出来，借给一碗清汤挂面，既能饱腹也能提神，更能有一种全新体验和对生活新的认识，也挺好的。清汤挂面的道理，有时不啻一碗心灵鸡汤。

不然，许多高大上的人却独钟一碗阳春面呢？

道理是一样的。

那些走马上任的廉吏们

　　走马上任，这个词顾名思义，就是要"骑着马"去上任。从前书信很慢、车马很远，没有汽车、火车、飞机，也没有一马平川的高铁和高速公路，官员们接到诰命后，牵着马就去上任了。可以想见，这一走，要很多天。

　　印象深刻的是冯梦龙和于成龙。因为他们骑的是驴，这一下更慢了。

　　提到冯梦龙，不得不提"三言二拍"，这是中国文学上的独异贡献。立德、立功、立言三不朽，才高八斗的冯梦龙，"言"也有了，"德"也有了，唯独没有"功"，直至58岁时才补了个丹徒训导，训导在明朝是考察秀才功课的教育官员，品级为——未入流。三年后，已过了退休年龄的冯梦龙，终于盼来了"立功"的那一线曙光——拔擢为福建寿宁知县。

　　1634 年，年逾花甲的冯梦龙骑着驴从老家苏州出发，开始了他人生一段风餐露宿、濒危履险、沦肌浃髓的苦旅。行，无坦途，他和仆从们带着 6 箱书，在江南的崇山峻岭间摸滚打爬，一走就是半年之久，直至崇祯七年八月才走到地儿。宿，无安榻，露宿荒野，寄身蒿草，虎豹环饲，夜枕刀卧。食，无甘味，箪食瓢饮、残羹冷炙，饱一顿饥三顿乃"家常便饭"。两年前还在丹徒惬意地书写的冯梦龙，哪里会想到两年后的食不果腹。

　　他做梦也没想到的是，这一走马上任，竟是他此生仅有的"四载宦寿"。

　　27 年后，1661 年的五月三日，远在千里之外的山西永宁来堡村，另一位政治上的同命人（这位略微好一点，45 岁才混上一官半职）、操守上的同路人，骑着驴带着书，向他的目的地 6000 里之遥的广西罗城进发了。也许是比冯梦龙上任时年轻了 17 岁，他骑驴荷担走了 130 多天。尽管如此，也走得足泥面垢、衣衫褴褛、遍体鳞伤，真个是"筚路蓝缕"。苦吗？苦不堪言，穿着湿衣、拖着病体、走着长路。累吗？昼夜兼程、翻山越岭、步履塞涩，最要命的是，半途误入黑店，赖以代步的毛驴被偷走。"走马上任"只剩下了"走"。

　　他就是大清国一代廉吏于成龙。27 年虽短，却也是朝代更替，足以让两位同路人，一个是"明吏"，而一个则是"清官"。

　　他们的走马上任，淹没在封建政权无数个走马上任中，很少有人能够记起。但他们自己，却记得刻骨铭心。个中艰辛，只有他们自己能够体悟。

山路崎岖，蹇驴弊袭。

冯梦龙走得困苦不堪，是一根粗粝的木棍撑着他咬牙前行，某个清晨醒来，山上滚落的巨石近在咫尺，命悬一线，稍微偏差一点，中国文化史、中国廉吏榜便会黯淡许多。

于成龙走得心力交瘁，途中屡遭火炬刀剑，屡受病患缠身，僮仆死的死、逃的逃，剩下一名僮仆跟到罗城后头也不回决绝而去——能不走吗，这简直是"以躯命游"！

恶旅险途险如狼，雄关漫道漫如铁。

正因为"以躯命游"，所以才倍加珍惜。无论于成龙还是冯梦龙，走马到任后都寝食难安、朝夕不懈，"书生终日苦求官"，读了大半辈子的书，经历了"走马上任"这一路的磨难考验，61岁的冯梦龙和45岁的于成龙终于有了施展才华的舞台，大刀阔斧改革勤政、减轻徭役、明断讼案、革除弊习、整顿学风、兴利除害……七品芝麻官干出了一品事业。

正因为"以躯命游"，所以才更有思路。敝衣驽马一路走，一路看、一路想、一路谋划，国计民瘼，社情民意，在脑海里形成一条异常清晰、即将实施的发展脉络。穿长衫、夹长伞、走长路，走得艰辛，也走出了思路，走出了人生的长度。

至今，他们被两县人民世代不忘。

打 call 时代，请给工蜂留点渣渣

1

如果研究蜜蜂，你会发现蜜蜂也分三六九等。

根据"社会阶层"的由高到低，蜜蜂群由一只蜂王、若干只雄蜂和众多工蜂组成。

命运的第一轮碾压从投胎开始，蜂王究竟是在工蜂房、雄蜂房还是蜂王房里产卵，直接决定蜜蜂的身份。所以，在北京还是在三岔河子出生，起跑线真的不一样。

命运的第二轮则取决于"吃什么"，所有蜜蜂幼宝头 3 天喂蜂王浆，3 天后，工蜂和雄蜂幼宝的饮食标准降了下来——改喂国产的杂牌蜂蜜奶粉以及花粉，而蜂王房里的幼宝却始终抱着"蜂王浆牌"大奶瓶。

命运的第三轮，这得看你的工作是"干什么"。工蜂的工作是采蜜、酿蜜、筑巢、奶娃、保洁、站岗……家里家外忙得团团转。而雄蜂天天躺在宫殿大吃二喝，唯一职责是等待蜂王临幸。所以，选择职业很重要。

你看看，我们根深蒂固的"勤劳的小蜜蜂"，居然只是一群被命运反复碾压、日夜操劳的工蜂而已。

而那些躺在深宫里不劳而食的"懒汉"雄蜂，那位发号施令只管生育的女皇帝，则被一并讴歌了。

荣誉是属于集体的。

2

不要试图替工蜂鸣不平，因为蜜蜂群的三种蜂乃一母同胞，根本不存在"王侯将相宁有种乎"的天生不公。

也不要悲情工蜂太辛苦了，这天上地下的群体，哪个不是以男耕女织为理由进行苦乐不均的分割？换句话说，你我在社会阶层里又何尝不是工蜂？

工蜂真的太听话了。它们从来不埋怨、愤懑、仇恨，也从来没有想过反抗、罢工、造反，它们每天睁开眼就是干活、干活、干活……甚至夜晚睡觉的时候也在振翅扇风调节室温。

它们唯一干过的"出格事儿"是：当群体中混吃溜喝的雄蜂数量过于庞大时，它们会在蜂王的号召下拿起棍棒轰走一小撮懒汉——它们连御林军的活都得干。

《吕氏春秋》里有一句话："民农则朴，朴则易用；民农则重，重则少私义。"翻译成白话文就是：要多给下属安排活，有活干就会消磨性情，变得淳朴好使唤。再说了，手里活一多，哪还有空闲再议论单位的事儿？

果然，半本《春秋》治天下！

蜂王一定读过《吕氏春秋》。

3

如果用稻盛和夫的自燃型、可燃型、不燃型"三燃"理论分析，勤勤恳恳做事的工蜂却并不能成为"自燃型"的代言，它们只是一群"可燃型"的雇员。而通过分泌"蜂王信息素"来维持蜂群次序并吸引工蜂形成饲喂圈的蜂王，才是推动蜜蜂前行的"自燃型"。当然，懒惰的雄蜂是标准的"不燃型"，这一点无可争议。

也就是说，你每天屁颠屁颠地忙个半死，却并不是推动型、创造型、领导型的奉献。

创造社会价值与推动社会进步是两码事。

只能说，工蜂是有情怀的。

它们从来不干"重赏之下必有勇夫"的勾当，一文不取，一生不提擢，得到的奖励仅仅是弋取点蜂蜜渣充饥。

它们也从来不拈轻怕重、挑肥拣瘦，蜂王让干啥就干啥。它们每时每刻都散发着热情，主动做自己该做、能做的事情。

诗酒趁年华。

盛年不再来。

三春花事好。

……

这些诗句，放在蜜蜂（原谅我，始终不习惯呼工蜂）身后，或许更绚丽。

4

很多人推崇"招之即来、来之能战、战之必胜"的部队作风。没有不希望下属"给力"的老板们。实际情况是，每逢加班，手下的兵羔子们，连"招"都招不来，还怎么"战"？好不容易来两个听话的，来了也只是陪加班空耗时间，啥忙帮不上，干点活还不够擦屁股的。

这样想来，蜂王是幸福的。它拥有了世界上最爱国、敬业、诚信、友善的工蜂们。它们惜时如金、昼夜兼程，它们来之能战、战之能胜。

这一点基于工蜂们的强大学习能力。

导航、授粉、泌浆、保育、垒窝……工蜂的职业横跨雷达业、建筑业、农业、手工业、家政业等多个行业。每一项技能都得从头学起并且快速灵巧掌握，毕竟，它们连流泪的时间、连拒绝的可能都没有。

是不是想啧啧啧，可总有些"理智"的声音存在：工蜂并非看上去那么辛勤，事实上它们也懂偷懒，经常在工作时间躲到树叶后小憩片刻。

别这样好吗？蜜蜂也要新陈代谢的，也要拉屎撒尿的，也会感冒发烧的……这种研究是把蜜蜂当成机器人来考量，恨不得24小时一刻不停地忙碌才是真正意义上的"勤劳的小蜜蜂"。

好在是，身名于工蜂，不废江河万古流。

风吹哪页读哪页

梦中无数次独坐空荡荡的图书馆，面前是厚积一摞的世界名著，风一股脑儿地吹，我一目十行地读，吹开一页读一页，顷刻读完所有的书……

这曾是我最推崇的阅读境界。书中有"黄金屋"、有"千钟粟"，书能"陶冶性情"、能"启迪人生"，我当"映雪""囊萤""凿壁"读之。于是，立下钱锺书"横扫清华图书馆"的誓言，一度手不释卷。

读着，读着，速度便慢了下来。

那是龙应台的《目送》，母亲一次次目送孩子成长离去的背影成为永恒的画面。那是张大诺的《她们知道我来过》，一群80岁高龄的老奶奶在册页间充满孤独，一句"你怎么才来看我"让我们看到未来无助的自己，看到守望者的陌生"友谊"。那是路遥的《平凡的世界》，田晓霞带着爱情的甜美和缺憾被洪流卷走……那些关于亲情、友情、爱情的文字，每每让我的眼睛湿润，使我忍不住停下来回味身后的牵挂和身边的温暖。

有些精彩的阅读瞬间，是值得反复咂摸的。

有些可以预料甚至让人悲伤的结局，也可以提前终止或停止阅读。

于是，我慢下来，享受并感受着阅读。

风习习地吹，吹到哪页读哪页。这一页有这一页的荡气回肠，那一页有那一页的辗转难眠。风一页一页地吹，书的妙味连同风的芬芳扑面而来，点点润入肌肤，在血液里缓缓流淌，一种莫名的情绪慢慢堆上心头。

在蝉鸣阵阵的午后，放下手里的工作，从办公桌上随手拿起《天下归仁：王蒙说〈论语〉》，随意翻开一个章节，如听大师面诲。那是王蒙先生八十载的人生心得，大师之格物致知为我打开一扇扇通往人生价值的窗户，每读，如沐春风，如咀英华。

在大雨滂沱的清晨，拥着张嘉佳的《从你的全世界路过》斜倚窗前，如与挚友卧谈，听他一句句讲述走过的千山万水。当合上书卷，久久凝望远方，总是心潮难平。在张嘉佳那些温暖、明亮、疯狂、怪诞的遭遇里，我们总能看到内心的自己。

在等待列车的聊赖中，读着孟繁颖的《老家味道：舌尖上的乡愁》，足不出户，坐享美食，觉得出游其实也没有必要。然而那些饕餮文字，偏偏那么诱惑十足，带着熟悉的乡愁，载着远方的召唤，让人忍不住拎起行囊踏遍舌尖上的中国，踏遍回不去的童年。

"读万卷书，行万里路。"身体按兵不动时，因为读到一本本精美的小书，灵魂便会在四海游荡。倘若带上一本书去旅游，身体和心灵便一起在四海放逐。

读阿Sam《去，你的旅行》，从上海到北京，从日本到德国……脚步越走越远，对于执念于前方远方的远足者，读这样的文字，总会弄懂自己为什么"在路上"。

往北去，读朱家溍《故宫藏美》，从绘画到工艺再到戏曲，从元到明再到清，一座小城堡掩藏着那么多的唯美画卷，它使旅游的目的地非常明确——去中国，去北京，去故宫，去从历史钩沉找到华夏儿女的自豪归属。

倘若再往北去，读迟子建《群山之巅》，旅游便不再是不可成文，中国漠河北极村，一个描写北中国的女作家，讲述了北方苍茫的龙山之翼一段小镇上的爱恨情仇，那些惊心动魄的场景让人忍不住蹚过"额尔古纳河右岸"，越过"白雪的墓园"和"北极村童话"，再次走进白山黑水深处。

带着书旅行，会感觉空气比身后的更为清新，天空比昨日的更为湛蓝，心潮比年少时更为跌宕。

于是，喜欢带着一本书前行，在人生的每一个来风口，漫不经心打开书页，迎风而读。

倘若想做一个政治修明的人，不妨带上一本《中国历史的教训》，便会少走很多弯路。

倘若想做一名商海翘楚，不妨带上一本《从0到1：开启商业与未来的秘密》，便会洞察无数商机。

倘若想做一个理性哲思者，不妨带上一本《一篇读罢头飞雪，重读马克思》，便会秀才不出门、尽知天下事。

倘若，倘若只想做一个读书人，那就带上莫提默的《如何阅读一本书》，读文识字拓视野，自娱自乐自逍遥。

梦想总是有的，不管想做哪一种人，读书犹如食药，"善读之便可医愚"。开卷有益，读一本好书，犹如站在巨人的肩上眺望，足以让我们看清远方、阅尽人间，去做一个明辨是非、分清美丑的人。

让我们感谢那颗阅读的种子，它在你我年轻的躯体中萌芽生根，使我们在漫长的时光里，在通往世界的前行中，不断获得成长所需的力量。那么，趁着还有梦想，趁着还未老去，捧本书靠在窗前，风吹哪页读哪页。

理发记

天生脸长，理发成了烦心事。留长发，无端累加了头部长度。若剃板寸，没有毛发遮掩，一张马脸更豁然开朗。

爱美之心人皆有之，头可断，血可流，发型不能随便。为了剪一头好发，这几年几乎把全城踏遍了，却鲜有满意之作。每一次理完发大家都无限感慨：果然是剃头三天丑啊，不过，在你身上体现得却更加明显。

时间长了，成了块心病。遇到发型不失败的路人，总要凑过去打听理发店地址。

路人甲说云龙山附近有家温州发廊，店主剪得一手文艺青年头，很适合我这种雅痞的品位，听罢立马杀了过去……结果那一阵子，走路总感觉赵太爷家的狗多看了我一眼。

路人乙说金山桥有家理发店生意兴隆，1000多家企业员工都去那儿排队理发。我信了。确实生意兴隆，店主身兼花圈店和理发店两家 CEO，给我理发的工夫跑到隔壁卖掉 3 个花圈。

路人丙说矿山路有家理发店，老板在南京魔剪学堂学得一手绝活，能为客人量身打造各种魔幻发型，且价格低于工薪阶层。我又信了。那天，走出理发店，我感觉整个人都不好了。

久之，总结出一规律：15 元以下的理发店最好不要去，便宜没好货。30 元以上的理发店咬咬牙可以入座，一分钱一分货，甭管结果如何，至少过程是专业的——每个理发师都有单独工作包，剪刀、梳子、刮刀收入囊中，不随意散放工作台。最重要的是，还有附加服务。铜山新区有家理发店就提供头部免费按摩，洗头妹逮住我头顶哑门穴连揉加摁忙活大半天，最后告诉我这是承泣穴，多按摩有好处。那一阵子我话不多，常流眼泪。

我有一癖好，理发时喜欢假寐。人生多少事，都付飞丝中，闭上眼睛任剪刀在头顶飞转，煞是享受。偏偏 30 元以上的理发店过度热情。那些理发师都有个"阿"字头艺名，"帅哥，我是阿黄，您的发型真是太顺了，一摸还乱嘀撕（抖动）。"小嘴叭叭的，一口"徐普"问东问西，问来问去最后绕到产品和会员卡推销上，我基本上都以"头颅低廉，随便剃剃"应付。阿黄哥们也当了真，果然都是随便剃剃。剃完对镜强颜欢笑，称赞有加。内心却暗暗许誓：这店，不光这辈子，下辈子都不能来了！

再后来，也认了命，横竖一个丑，干脆随遇而安。

忽一日，闲庭漫步至东甸子附近，于众多机械修理铺的夹缝中撞见一理发店，店名——梦美发屋。仅看名字就很有缘。遂入。店内一中年大妈（这就是传说中的梦美？）正赤脚靠在沙发上，边看电视边抠着脚，沙发旁茶几上放一碗吃得乱七八糟的把子肉，两只苍蝇正在碗上恩爱追逐。见有生意，梦美大妈起身招呼。

洗剪吹，一个人全包。

洗头时，闻那毛巾，泛着阵阵汗酸味，我这15年老鼻炎瞬间疗愈。居然还没有使用洗发露，梦美大妈解释，剪完再正式用洗发露。顿萌生退意。问价格，理发8元，洗头免费。洗了头再走却也有失厚道。眼一闭，留下，任其宰割。

都说高手隐于市，说不定梦美大妈技术比名发廊的高手还高呢？

不料梦美大妈不问客户需求，蹿上来就剪。剪发工具是一把剪刀和一个推子。那剪刀百分之百名牌，张小泉的。阿黄哥们都是竖着使剪，梦美大妈却横着剪，沿额头剪得平齐。那推子是老式手动版，在头上推两步就会夹住部分毛发，扯得头皮嘶嘶发疼。

五分钟不到，头型塑好，标准的小分头。不用说，梦美大妈就会这一款发型。

最后"正式"洗头时，梦美大妈拿来一瓶飘柔，罗志祥代言的那一款，不知是放得年份太久了还是掺了水，那飘柔像尿一样直溜溜奔到我头上，我两眼一黑，心生恨意。

付钱。出门。到斜对面公交站台候车，站名是东方人民医院。此医院还有一轰雷贯耳的学名：市精神病防治院。

党办人之歌

很少有职业如此高要求——身在兵位，胸为帅谋。

很少有职业如此高定位——中枢神经、坚强前哨、巩固后院。

也很少有职业如此高标准——提笔能写、开口能讲、问策能对、遇事能办。

甚至很少有职业如此高戏谑——"关门书记""二号首长"。

这种职业却也很普通，没有"悬壶济世"的高蹈，没有"保境安民"的伟岸，没有"叩石垦壤"的光荣，亦没有"太阳底下最光辉职业"的赞誉。更多时候，"躲进小楼"，独成一道幕后风景。

这，就是党办人。

1

夸父逐日。女娲补天。精卫填海。愚公移山。无一不是目光如一。

孔子"成仁"。孟子"取义"。文天祥"弗苟而全"。方孝孺"宁正而毙"。无一不是气节如一。

然而，于党办人，仅有始终如一的"忠诚"不够，还要有"绝对忠诚"。

党办人做到了。"心中有轮红太阳"，这是对信仰忠诚。"我是革命一块砖"，这是对指挥忠诚。"听党话、跟党走"，这是对组织忠诚。"俯首甘为孺子牛"，这是对人民忠诚。"夙夜在公"，这是对事业忠诚。"只当传声筒，不做小喇叭"，这是对党性忠诚……无数个忠诚汇聚成一个千钧重的绝对忠诚。

这忠诚历久弥新，它蹚过雪山草地、枪林弹雨、严刑拷打、糖衣炮弹、蜚短流长……历经血与火般的淬炼，融入血肉，铸入脊梁，形成了坚如磐石的政治定力。

这忠诚一脉相承——昨天，党办人在渣滓洞用"仿宋体"书写地下党报《挺进报》。今天，成千上万的党办人在党旗下继续用"仿宋体"以文辅政。

2

文秘、文稿、文印，机要、收发、档案，行政、督查、接待，信息、调研、后勤……多么琐碎而微小的职业，却犹如一颗颗小链钉啮合成党办"大机器"的整条履带。

见微知著。若没有高度自觉的大局意识，"小链钉"如何能带动整台机器的高速运转？

党办人的大局观犹如这"小链钉"无处不在。

以"公转"决定"自转"，以"谋全局"指引"谋一域"，这是由乎辅政的大局观。

"不在其位"却"谋其政"，"从大处着眼、从小处着手"，这是长袖善舞的大局观。

以"打杂"为担当，以"查漏、拾遗、补缺"为己任，这是政令畅通的大局观。

把"不起眼"放到大局中去把握，才能放出耀眼的光芒。这是属于党办人的荣光。

3

因了冯谖的勤慎赞襄，才有了孟尝君的"无纤介之祸"。因了上官婉儿的小心书谕，才有了武则天的"政启开元，治宏贞观"。因了张居正的夙夜匪懈，才有了"明朝中兴"。因了张廷玉的抒诚供职，才有了"清政新风"……翻阅中国古代秘书史，最耀眼处无不是"负责"精神。

党办人的"负责"在秘书史上当更加浓墨重彩！

从"德、慎、公、勤"到今天的"德、能、勤、绩、廉、法"，负责得更严格。

从"文理粗晓、行移得当、书札不谬"到今天的"办文、办事、办会"，负责得更全面。

从"漏泄、稽缓、违失、忘误"的"唐四禁"到"忠诚、大局、负责、奉献、廉洁"的"五个坚持",负责得更严谨。

从"泥封加印""批红引黄""采风观政"到今天的"一揽子"党办规章制度,负责得更扎实。

"一拉就响""首问负责制""案不积卷、事不过夜""事事有着落、件件有回音"……在"三服务"的厚重册页间,党办人创造了多少流行语!

4

伐木者苦不苦?"伐木丁丁,鸟鸣嘤嘤。"何其诗情画意。

拉纤者累不累?"此去三江牵百丈,雪浪排樯夜吼。"何等雄姿英发。

党办人之劳苦,"驰翰未暇食,日昃不知晏",几无半分美感。校雠誊清之苦,穷经皓首之苦,烦琐无尽之苦,急管繁弦之苦,沦肤浃髓之苦,委曲求全之苦……若没有无私奉献的精神,如何能承接这苦中苦?

鲜有鲜花和掌声,却从未有朝夕懈怠。

"绿叶的事业""幕后的风景",这是党办人的精神高地。

"默默无闻干着轰轰烈烈的事,辛辛苦苦做着风风光光的人",这是党办人的无悔追求。

"捧着一颗心来,不带半根草去",这是党办人的党性升华。

哪里还有风光的黄门侍郎、优渥的翰林学士、尊崇的御史大夫?尊卑钳制的旧秘书体制早已泛黄!今天的党办人,唯有"重、苦、杂、难"四个字。

不敢忘却历代党办人的约定俗成——"能吃苦，进党府！"

5

官箴三事，"清、慎、勤"，清廉当头。

国之四维，"礼、义、廉、耻"，清廉压轴。

立党为公的党办人，"三"从"四"德，不缺清廉。

犹如党办人不缺水，喝墨水，费脑水，流汗水，吐苦水……唯独没油水。

犹如党办人不缺力，耗眼力、练腕力、磨臀力、跑腿力……唯独没权力。

党办人的廉洁与生俱来。每一条"高压线"、每一道"防波堤"都是通过党办人之手上传下达，在党旗下的耳濡目染，在领导身边的潜移默化，拒腐防变的"总开关"越控越牢。

无论世情、国情、党情变与不变，党办人一介不取的孜孜追求、两袖清风的无悔选择、"三严三实"的道德操守，从未改变。

昨天，今天，明天。守住清贫、耐住寂寞的党办人，在一个又一个平凡的日日夜夜，矢志不渝地讲述着中国故事的"三服务"篇章。

金龙湖畔，苦楝树

金龙湖街道办事处乔迁新址时，楼前有棵野生的苦楝树，树龄大概二三十年。

它恰如其分地出现在办公楼前，又恰如其分地扎根在金湖路的路牙石外。不与路脊争锋，不与楼宇争阳，大抵也就没有理由被砍伐了吧。于是，它就留了下来，与徐州市最年轻的街道办事处成为芳邻，一起"扎根"金龙湖畔，并见证着"金龙湖街道"从无到有、从小到大。

这是一种生命力极其旺盛的北方乔木。早年在乡间求学时，我便已识它之坚韧：无畏环境之优劣，只一抔泥壤，便可萌芽、华发、高耸——给人启迪，给人力量。

值夜班时，我喜欢在它的下面转转。

抽颗烟，叩一下树干，仰望它或疏或密的树冠，去遐想它的前世今生。

我问它：苦楝多生于路旁、坡脚，或栽于屋旁、篱边，你为何误闯进这"城市客厅"？颀长的金湖路上，行道树是清一色的香樟树和桂花树，你这棵野苦楝是不是有点落落寡合呢？从没有养分之浇灌、养护之供给，你又是如何成长为一棵大树的？你会活成百年老树，还是突然有一天被"工业文明"绞杀？

它不言，遗世独立在这庞大的钢筋水泥上，与城市迥异，与清风共生。

有时，我把它当成久违的朋友。

晤面时，将白日诸般在脑海里过一遍，在它的面前自嘲、放空、释怀。风习习，枝沙沙，仿若它在与我对白。我仰面。它俯首。一仰一俯间，多少时光被轻轻熨平，多少块垒只剩下风轻云淡。

晓日。薄寒。细雨。轻烟。这棵苦楝树，在办事处楼前、在我的窗外，春开花、夏葳蕤、秋满枣、冬空枝，不知不觉间，已陪我度过了三四个春秋，也听我唠叨了千言万语。我尤喜欢春天时的它，满树清香，那是一种独有的沁人心脾。

十五的月亮，圆了又缺。多少个日日夜夜，它站在那里，野性而古意。秋远冬渐时，春和日丽时，我都曾抚摸它浑身皲裂的刻度，那是一种饱经风霜才有的睿智、才有的精神。

它独具开拓者精神，与这"金"石为"开"的金龙湖、与这"金"石为"开"的开发区一脉相承。往来者说，在狼山与珠山（原为猪山，徐州的山占尽田园特色，多以动物命名）之间，经年之前曾是乱壑裸石的荒坡，后来被上山村的农耕者拾掇成庄稼地。悄悄晃过的光阴里，不知哪一年，几颗野生苦楝子（楝枣子），在这石缝间扎根成树，十年又十年，拓成这金龙湖的山水长卷。

日拱一卒无有尽，功不唐捐终入海。

它独具赤诚者精神。任尔东西南北风，立根原在破岩中。见证过往昔山荒石砾，经历过"无奈牛羊牧，鄙贱蒿与莱"的无人问津，修炼着"苔花如米小、也学牡丹开"的踽踽独行，它依然忠诚于脚下的土地，经年累月奉献着枝叶、花朵和果实。"苦楝树"，"苦恋树"，还有比这更赤诚的表白吗？

它独具逆行者精神，风饕雪虐长精神。它独具奉献者精神，冷叶疏花次第匀。多少岁月苍茫，每读，都是在读一种磅礴、一种隐忍、一种睿智。

一方水土一方人，一方草木一方精神。我相信，在如流的时节中，坚韧不拔、昂扬向上、莫问前程、默默向前的"苦楝"精神，定会浸润到这片金色的土地。

第二辑　一山一水

茫茫清泗贯秦洪

三洪之险闻于天下。

比起吕梁洪，秦梁洪好像还缺少一份"悬水三十仞、流沫九十里"的壮观，至少孔夫子不是因为它而发出"逝者如斯夫，不舍昼夜"的千古之喟。

比起百步洪，秦梁洪好像也缺少一分"短衣徒跣，持畚锸以出"的悲壮，至少苏东坡没有连用"兔走隼落、骏马下注、断弦离柱、飞电过隙"来形容它的惊险。

好在，秦梁洪还有过一段"泗水捞鼎"的壮举。

1

大禹"治九水""分九州""铸九鼎"，好像哪一项丰功伟绩都要捎带上徐州。

泗水是九水之一，徐州是古九州之一，"天生丽质难自弃"。偏偏九鼎之一也要跌入"泗水彭城下"。足见古泗水当年是何等的急湍甚箭，不然怎会让重重的青铜鼎飞入其中？足见秦梁洪当年是何等的猛浪若奔，不然秦始皇又怎会"使千人没水""支架撑槁求之"？

一个是雄霸天下的封建王朝第一个皇帝老儿，一个是浊浪排空纵横三省的黄金水道，在徐州，在秦梁洪，在公元前219年的历史画卷中，展开一场旷世之战。那时的秦梁洪，还是一个快意恩仇的少年任侠，一心想要远蹈独游，它刚甩开桓山和塔山的束缚，又怎肯"一鼎中塞"？那个被驰道、封禅、长生梦冲昏头脑的始皇帝，最终沦为秦梁洪疏浚河道的廉价包工头。

从此，秦梁洪中流击水、浪遏飞舟，成为泗水乃至中运河最为绝险之处。

从此，古泗水千艘万舸、昼夜罔息，成就了徐州后来的漕运重镇地位——赖河之幸，徐州一度舟车鳞集、繁华丰阜；也因河之殇，徐州也曾舟车罕通、物产不生。万般皆是命。

透过唐宋元明的山水长卷，秦梁洪是一处早已埋好的伏笔，一撇一捺，都是一声浩歌。

2

徐州东郊20里，沉雄奇伟的京杭大运河在这里悄悄打了一个大弯，从西侧绕过那座"古怪"的桓山，绕过那位"殃及池鱼"的缔造者——桓魋。再之前，古泗水则从东侧绕过桓山，1500 年后，诗人陈师道登临桓山，看到了滔滔于侧的古泗水，看到了那川壮怀激越的秦梁洪，忍不住高歌"平江如抱贯秦洪"。

今天，桓山已成洞山，古泗水已干涸，"夹岸积石"的秦梁洪，"水流浩荡"的秦梁洪，"百篙枝柱"的秦梁洪，连同那段泗水捞鼎的传奇，搁浅在厚重的汉画像石中，再也溅不起荡漾的水花！

后来者，只能从古诗词里去寻觅那一脉清流的遗韵。

"汴泗交流郡城角"，这是佐戎徐州一年有余的韩愈对徐州的回望。

"汴水流，泗水流，流到瓜州古渡头"，这是客居徐州 23 年之久的白居易，思念徐州时的那两行清泪。

"背归鸿，去吴中。回首彭城，清泗与淮通"，这是苏东坡离任徐州时的无限怅惘。

诗人政治家们的柔软内心，给汹涌的古泗水平添了一分温柔，也给水工史增添了一份佐证：汴水（黄河）与泗水（运河）曾在徐州相会，才有了后来的黄河"夺泗入淮"，才有了后来的"泗水淤塞"。

秦梁何罪之有？竟成"黄粱一梦"。

3

我不相信有前世今生的轮回，直到看到了秦洪桥。

这是一个命运多舛的"倒霉蛋"。三次拆梁砸桩，四次重塑其身，它足以成为"过河拆桥"的代言人了。

在古泗水断废的河床上，一条北连北京永定门、南驳福州五里亭的104国道疾驰而过。秦洪桥既要负荷过境的外省车流，又要承担北区交通枢纽点的重托。如鲠在喉。秦洪桥一次次累弯了腰，它将自己弓成180度，毕生都在京杭大运河上打捞自己的影子——秦梁洪。

这也是一袭华服的"圣人蛋"。它是建国后徐州地区兴建的首座跨京杭运河公路桥，也是目前徐州市区单体最大、跨度最长、吨位最重的跨运河大桥——仅桥梁就重达1600吨。它若知道，自己是秦始皇2000多年前巨石齿列码在泗水畔的石梁，是否更傲娇？

沉舟侧畔千帆过。可惜，秦洪桥经年川流不息的汽车，秦洪桥下千帆竞发的船舶，有谁知道桥头的泥壤便是"险闻天下"的吕梁洪？又有谁会停下来听涛声讲述那段辉煌与寥落？秦梁洪躺在隔世的烟火里，再也泛不出白生生的泪花。

"舟行至此，无不言难登天！"

"往来商贾，莫不夹橹击流！"

曾记否？茫茫清泗上那一川磅礴激荡的秦梁洪……

龟山有座小镇

　　行前，去过龟山小镇的朋友对我说，千万不要对那片"开发中的土地"抱太大期望，她敌不过周遭的名胜。此言不虚。论名望大小，她逊于中央电视台外景基地徐州汉城。论山水多少，她不如徐州小桂林。论光阴长短，她比不过500万年的白云洞。论禀赋厚薄，400余起战争留下的那座九里山古战场足以令她仰止。论地势高低，她甚至要矮于她的亲邻——全国重点文物保护单位龟山汉墓——站在龟山下，这座小镇一览无余。

　　龟山小镇是不可能没有嚼头的。至少，这个早春她先徐州而春。探梅、赏梅、嗅梅的游人几乎踏破了小镇门槛。1500株梅花从水袖江南迁徙到这个小镇，桥侧，竹边，松下，明窗外，疏篱前，苍崖后，薄寒时，夕阳下……随处可见梅花，《梅品》二十六宜在龟山小镇几乎可全部找到应景。

随梅花一同落户的，还有精致的苏州园林、秀美的南方石林，以及皖南的古戏台和古雀楼。那些花、草、亭、廊，那些曲桥、小径、景墙，三两下就把龟山小镇装扮成一盆天然大盆景、装扮成一座锦绣江南。

是什么样的气魄和手笔，才能移来一座锦绣江南？游走在龟山小镇里，我反复思索着。

我看到了石头。从桥到路到墙到坛到假山到广场，无一不是用石头铺砌，那是龟山特有的龟纹石和龟形石，古朴、粗粝、苍茫。那些石头，不仅在形态上与高洁清隽的梅花相彰，在意蕴上与梅也千里有缘——梅花又名五福花、龟石为长寿石。"福"与"寿"，缺一不可。于是，石为板，梅作笔，在龟山小镇泼墨出一幅上乘的《竹石梅兰图》，一气挥毫，浑然天成。

当然，我也看到了北区的"尴尬"。那是一种用眼睛也能看出来的繁华后的落寞气息。帝王将相的金戈铁马不再，妃嫔媵嫱的浩浩荡荡不再，文人墨客的且行且歌不再，商贾贩夫的车马喧腾不再。龟山小镇外，九里山的"鼓角"辍了"弦歌"，京杭运河走南闯北留下的那些港冲渐渐老去，老工业急管繁弦留下的那抹工业积尘还没有掸拭干净……

一座小镇，也许填补不了多少生态空白，采撷不了多少历史底蕴，却可以吸引越来越多的关注目光。这目光包括文学的目光，媒体的目光，投资的目光，包括试探的、惊喜的、收获的目光。3月，都市晨报和市作协采风团来到了小镇，意外地发现了这座城市的"后花园"，晨报滕小笠老师按捺不住喜悦：这是"发现之旅"！

我们发现，龟山小镇悄无声息地甩出一长串水袖，这水袖是生态的、人文的，也是经济的、社会的。小镇远比我们管窥的还要精彩：探梅园、民博园、文化园、产业园、功能园……她足以堪称宜游、宜居、宜业的典范。这水袖又是长袖善舞的，她顾盼流连，沿着襄王路，沿着平山路，沿着九里山，沿着故黄河，串起了楚园，串起了植物园，串起了丁万河水利风景区……串起一路风光旖旎。小镇成了点睛之笔，整个北区一夜间生机勃勃。

佳处未易识，当有来者知。一千年前，苏东坡站在这片绵亘九里的古战场如此感喟。今天，龟山小镇从历史烟云中盈盈走出，她无处躲藏，她已被"发现"，她成为江苏七大赏梅胜地、国家 4A 级旅游景区。她——出名了！

踏破驮篮山缺

徐州人挺骄傲的，"两汉文化看徐州""汉代三绝在徐州"，一提起徐州，就是大汉雄风、就是汉唐气魄。

徐州人也挺惭愧的，因为"徐州好像除了墓，还是墓"，彭祖陵、汉皇祖陵、楚王陵、张良墓、王陵母墓、华佗墓、戚继光墓……好不容易有座淮塔，还是一座烈士陵园。

真的应当惭愧吗？仅汉墓就有300余座——数量足够大，仅楚王彭城王墓就18座（徐州汉代十八陵）——质量足够高！想想就心旌神驰，狮子山、卧牛山、驮篮山、小龟山、二龙山、拉犁山……那么多的兽形山下竟埋藏着一代代楚王。

1

1987年的一个午后，盛世的阳光均匀地洒在徐州东北郊的驮篮山上，一扇封存了两千多年的石门被重重推开。山边的中王庄村（今属东环街道）村民们难以置信，这形似两只驮着的篮子的山头竟是西汉楚王夫妇的陵寝？村里少年削水片玩的碎瓷片、碎陶片竟是汉朝的古董——这个场景是不是很熟悉？作家余秋雨少时在上林湖也曾误用古董碎瓷削水片。一种无法遏止的骄傲，让这个城郊的小山村沸腾起来。

十年后，"全国重点文物保护单位"的牌子楔立在驮篮山麓。这座普通的不能再普通的山头（哦，不对，是两座）从此有了一个响亮的名头：驮篮山西汉楚王墓。

再十年，驮篮山汉墓文化遗址公园，在沸沸扬扬中启幕。

又十年，驮篮山恢复到从前的安静，就像什么都没有发生。

三十年如炬，明了又黯，当年削水片的中王庄村少年们正在老去，急管繁弦的工业步伐将驮篮山周遭的田野阡陌装扮成厂房林立。而驮篮山汉墓像一个被掏空的老妪荒老在时光中。

独叹青山别路长，驮篮山的叹息应该是萧索的吧：两千多年都挨过了，还惧这区区三十年？

2

所有的古墓都始自一声惊叹式的发现、一次抢救性的发掘。但，不应终于"破碎的山体、孤陋的墓室"。这一处，尤其不能"始乱终弃"。

因为，驮篮山汉墓实在太出色。

它的形制之独特、做工之精湛、墓葬之规模，足以代表西汉横穴崖洞墓建筑的最高水准。

四角攒尖顶、平顶、盝顶、两面坡顶……几乎汉代所有的房顶形制，它都囊括了。

墓壁凿痕对齐、镶嵌整齐、夯土平齐，那种榫卯扣合的严实感，那种壁立如削的精致感，据说在其他汉墓中从未有过。

即便墓道口的崖壁也如斧劈般笔直，大大小小的不规则的石头在一块山体上平铺直叙。那些三五斤重的小石头如何与四五吨重的巨石严丝合缝？那些塞石在没有现代机械作业协助下又如何"切割"得如此平整？后来者，唯有惊叹。

两千多年的时光磨洗，古徐州工匠已邈远，只有这凿石成穴、砌石为室的驮篮山汉墓在破败中独展形胜之美。

3

任谁看了徐州博物馆的乐舞俑都会忍不住击节：罗衣从风，长袖交横！那些女立俑、仪卫俑、骑兵俑，哪一个能抵得上动势俑的视觉冲击？

俑是绕襟衣陶舞俑，舞是长袖折腰舞。乐舞俑下方赫然写着：驮篮山西汉楚王墓出土。

这支西汉乐舞组合共14人（该怎么称呼你们，西汉twins？tfgirls？），有的抚琴，有的吹笙，有的敲磬，余下7人交领绕襟、裾飞袖回，甩出一串长达2000多年的奢华水袖，泼出一幅金戈铁马下的歌舞升平图。如此行云流水，如此风华绝代，纵钟鼓丝弦已远，那眉宇间的含笑，那腰肢纤细的身姿，仍穿透千年而不褪色。

从此，"楚腰纤细"有了个铁证。

从此，"长袖善舞"有了块化石。

不知是哪位汉代巧匠，将楚王宫前这组乐舞的不同瞬间定格在时空里，给后来者考证西汉早期舞蹈造型提供了弥足珍贵的实物资料。

同乐舞俑一同出土的还有石磬、铜轮、铁矛、瓷器等近千件古董，不承想，如此山包，竟埋藏如许精彩。

4

倘若没有宿主，汉墓只是一座失去灵魂的山腹石殿。

山峁之下的楚王陵，好多都是糊涂账。驮篮山汉墓与它毗邻的东洞山汉墓（今属金山桥街道）一样迷雾重重，考古学家来了一拨又一拨，最终只给出一个估算：西汉早期某代楚王墓。

站在墓道口，一脚踏着西汉的入口，一脚踏着现世的生机勃勃，生与死在此对峙。参不透生死的永远是那些王室贵胄，他们代代相承，做着"生前富贵、身后荣华"的千秋家国梦。驮篮山汉墓更设有前堂、后寝、耳室、厕间、沐浴室、武库……一应俱全，这位楚王恨不得将所有的显赫和荣耀都搬进自己的地下宫殿。

历史之所以发人深省，就在于它的讽喻：楚王精心打造的驮篮山汉墓，乃至到死都不放手的荣华富贵，最终惨遭盗贼洗劫，留下无尽缺憾。

历史已成烟云，但一个影响世界的朝代却在这里留下了不可磨灭的印记：汉族、汉字、汉乐、汉俑……踏破驮篮山缺，这才是属于国人的瑰宝。

那一抹魏晋风度

这是怎样一个地方？离城区最近，近到只有她才能被称为"徐州后花园"。却又离城区最远，远到抬抬腿就到了省外。徐州第一高峰大洞山耸立其境，徐州最低处却也在这里——250座矿井让这方地下独具深邃感。

远近高低各不同，所以才与那段魏晋风流缠绕不清。

1

她最初的时候叫贾汪。"汪，众水所归往。"

沉雄奇伟的京杭大运河在这里悄悄打了一个大弯，随后，不老河、大寨河、引龙河、二八河、屯头河、淤泥河……犹如百川流注，在徐州东北郊织成一片汪洋。临汪而居的人们将贾汪打扮成一个水汪汪的姑娘。

然而，"汪"太土了，不足以代表这里的美丽向度。

这里的水天然带着水韵水律，她汩汩流，她哗哗响，叮咚成一汪汪泉水，卧龙泉、凤凰泉、猪拱泉、圣泉、北泉、荣泉……没有人数得清这里有多少眼泉水，只知道她最早叫泉城。泉水流经的地方也结成一座座村镇，都带着"泉"字来拱卫泉城——大泉镇、青山泉镇、泉旺头村、新泉村、泉东村、河泉村……

水的刚柔并济润泽了这座古老而年轻的小城。千百年来，这里的人们徘徊于"汪洋"与"涌泉"之间，那个叫潘安的中国古代第一长腿"欧巴"也喜欢这里的水性，结庐搭庵、临湖而居，迄今留下一古村、三古井，留下一段纵情任诞、清俊通脱的魏晋风度。

潘安不知，这泉城之下，还蕴藏着丰富的火种。

很快，这团地火以一块煤的方式被捧出，一捧就是130年。130年的鲸吞，再丰盈的身躯也要干涸。很快，水脉寸断，土地塌陷，河水与泉水一起陷入枯竭。

潘安更不知，这泉城之上，那群不服输的晋民还在。

又是一场水与火的对峙。那些被火种赶走的水源重新打通经脉，泉波喷涌，河水摇荡，奔向那片采煤塌陷地，奔向晋朝的屯头湖，奔成一片波澜壮阔的潘安湖湿地。那些白鹭、野鸭、水鸟翩然而来，在这片5000公顷的湿地永久定居。就连《放鹤亭记》里那只仙鹤也御风而来，衔来云龙湖的波光潋滟。蒲草、莲荷、芦苇，在这水天之间平铺直叙。

继潘安湖湿地之踵，督公湖湿地、小南湖湿地、凤鸣溥湿地……一批水环境生态景观工程相继落成，整个泉城都沉醉在氤氲的水乡中。

从"汪"到"泉"到"湿地"，这是泊邑泽乡的一次次转型升级，这也是魏晋风度一代代的不老情怀——她最终还是选择了纵情山水。

2

泉城不缺典故，那些"典故"和"美景"，随手枚举，就让人透不过气来。

王维的那场"重阳登高"，点活了中国最早的乡愁，也点活了中国最大药师佛道场——茱萸寺。南陵笑笑生在督公湖的一次归隐，成就了中国古代第一奇书《金瓶梅》。秦始皇的一次泗水捞鼎，让汴塘古镇和《泗水捞鼎图》久负盛名。就连从汉武帝上林苑移植而来的那棵石榴树，在大洞山也疯长成万亩榴林。

潘安在才学上不敌"诗佛书圣"，武功上也比不过"秦皇汉武"，为何却率先让潘安湖湿地游人如织？

那一定是因为潘安的美貌了。英雄难过美人关，美人也难过英男关，多少人想去潘安湖看一看什么叫"掷果盈车"，哪怕看到的只是潘安遗落尘埃的一汪明眸。潘安湖湿地确如潘安之美，岸芷汀兰，烟波浩渺，白鹭于飞，月照花霰，一花一世界，一岛一风情，最能诠释纵情山水的魏晋风度。

那一定是因为潘安的情义了。三口义井虽已羚羊挂角，然而，潘安在贾汪边游边吟边襄的种种传说犹在坊间赓续，潘安临湖而居的草庵已繁丰成一座古镇——斯人已去，一庵仍结成一村继而结成一镇，这是怎样一种滴水与涌泉之情？一山一水总关情，那些穿过大半个中国山水来到潘安湖的足迹，难道不是来寻找这"贾晋之好"的吗？

那一定是因为潘安的情怀了。潘安一生深受道家思想烛照，向往隐逸，"筑室种树，灌园鬻蔬"，一湖一庐便可独居数月，这种高雅情怀感召了一代又一代旷达之士，谢安如此，陶渊明如此，李白如此，苏东坡如此，乃至"竹林七贤"、竹溪六逸莫不如此。潘安湖宛转绕芳甸，潘安古镇浩渺水波间，彼泽之陂，唯有蒲与荷，正好隐逸，正好躲藏，正好可以藏住那逾千年而不老的魏晋风流。

这些理由足以大红大紫10个潘安湖湿地。

然而，官方的红利远远不止于此，国家4A级旅游景点、国家级水利风景区、中国最美乡村湿地、全国采煤塌陷治理典范……一座潘安湖湿地，可赏得了良辰美景、可"记得住乡愁"、可感受得到东方鲁尔，能不引人入胜？

这就是藏得住也藏不住得潘安湖湿地，这就是躲得开也躲不开的魏晋风光。

于是，许多遁世的游人逃也似的来到了潘安湖湿地。

3

现在，该说说潘安湖的人了。

那是掬着山泉嚼着石榴成长起来的山人，他们远在商周之前就徙居此处生息繁衍。那时还没有250座矿井，那时还没有

"我是煤，我要燃烧！"，甚至还没有那句感人肺腑的"遍插茱萸少一人"。山人们攀缘在小洪山等300余座山头间，跋涉在焦庄泉等数不清的泉水间，随着水草中的清涧袅娜到远。

他们的生存能力是顽强的，至少后来者潘安看到的是一个大胆至敢于冲破封建藩篱的祈雨方式——"抬着龙王四处曝晒、面呵不止"。这个魏晋风度的长腿欧巴已经够足够任性足够"潮"了，然而这种民风却让潘安匪夷所思，他心向往之，他义襄三口井，试图以井之深与这块土地的思想长久接驳。

潘安与山人的数月对话——那一定是魏晋风度中最有意义的对话了，这些话化成一段坚韧勇猛的进程。他们参与了战争——屯军寺、穆柯寨、佩剑将军湖，乃至100余座汉墓足以证明潘安人的骁勇。他们参与了发掘——从潘安湖起步，向北向东直至整个泉城地下都陷入一片倥偬，最大的两块疤痕永远留在了潘安湖——权台矿、旗山矿。他们参与了修复——那些林林总总的数据鲜活地变成潘安湖湿地，仅那16万棵树木的数据便足以窥视潘安人的艰辛和坚定。

是的，我更愿称他们为潘安人（当泉水变成湿地，该把泉城人称为潘安人了），他们已经成为事实——潘安湖街道办事处在这块绿色的、红色的、黑色的最终仍然是绿色的土地上安营扎寨。

有潺潺的声响从潘安湖对岸远远传来，初时如清泉从大洞山悠忽而出，若隐若现。继而泉水闯入万石榴林，叮咚清脆。接着汇入山涧，悬水三千丈，激情澎湃。最后一路高歌奔向潘安湖湿地，高亢激昂……

这不是潘安之水，而是中国民俗文化村——潘安湖街道办事处马庄村农民乐队的管乐演奏《光华千秋》。这乐声汲着潘安湖的水声，含着潘安人的气力，天然带着超拔和雄浑。这乐声飘过潘安湖，走进《人民日报》，走进中央电视台，走进意大利国际音乐节……

乐场的潘安人，咀嚼着贾汪煎饼，咬肌发达，相貌轩昂。那乐声，那容颜，仿若就是那晋时的潘安。

青砖黛瓦，青石板面，清水湖面，轻鸢排空，轻歌燕舞，潘安湖湿地乃至整个泉城始终给人以时光邈远的感觉。外乡人把脸和身浸在这一派丰盈水泽中，用心洗涤内心的喧腾与浮躁，渴求洗濯成那倾城、隐逸、逍遥的潘安……

然而，她只是山水，只是湿地，只是纵情，只是一抹魏晋风度罢了。

春探梅园

春光乍泄，芳菲初露，依依向物华，踏青的脚步逐渐多了起来。沿着云龙湖一路向北，就到了龟山景区，那儿去年新建了一处探梅园，市作协今天有个采风活动要在梅园举行。

远观龟山景区，如一朵朵娇艳的梅花绽放在苍劲绵延的九里山脉。探梅园便是这众梅中的一朵，让人一入山峪便迷了路。活动时间尚早，我便沿着龟山汉墓的侧道觅路前行。

不远处传来阵阵欢笑声，循声走去，几个年轻女子在松柏苍翠中嬉戏。见有生人来，她们略有收敛，个中一绿裙女子对我颔首问候。陌生是条沟，她既先跳了过来，我正好借机问路。听说我要去探梅园，绿裙女子称她们也该回家吃早饭了，可以顺路带我一程。

有人带路自是省却很多麻烦，于是欣然同行。

　　绿裙女子自我介绍叫绿萼，其他几个姊妹分别叫白蔷、红芷、紫月、墨云——这家父母真是十足的文艺范儿！她们显然也认同父母命名，着装色泽上也极力与名字般配。与这群文艺女青年同行，倒也不觉沉闷，逢有景致处，绿萼总要介绍一番，我想她们的父母定是这龟山景区的管理人员吧。

　　过了龟山，前方豁然开朗，但见花圃草木、亭台轩榭、假山池沼……依次铺展，满眼新绿，不雨而润。我只知龟山下洞藏千古奇观龟山汉墓，不曾想，山后竟也是别有洞天。此时正值初春，柳絮未如雪，桃花未映红，芳菲未四月，只有那一抹抹绿色的新芽正在努力地挣脱春寒。闭上眼睛，那沙沙的抽绿声、清新的草叶味伴着习习春风掠过，令人一洗风俗之气。

　　拾级而下，山脚是一方方连片小水塘，绿萼介绍这是珍珠潭。那大小不一的水塘散落在山后，倒真应了那句"大珠小珠落玉盘"。过了珍珠潭，峰回路转，一方铜熏台立在前方，后面引着一方奇石假山。绿萼说，龟山景区与龟山汉墓一脉相承，珍珠潭源于龟山那段"屠龟滴血成潭"的传说，铜熏台则是龟山汉墓一级文物鎏金铜熏的升级版。景中蕴典，造园者这顺带的一笔不经意间却点活了整片园林。

　　看来，园林除了讲究景观远近层次、草木亭廊的点缀，还暗含人文底蕴。若没有绿萼这个好导游，在这儿泡上大半天，恐也难以品出个中滋味。

　　说话间，过了假山，走上曲桥。梅花桩作桥栅，青石板作桥身，别有一番情趣。桥下绿波粼粼隐约可见荷根，想来夏日过此桥必是莲叶何田田。桥尽头是一徽派古戏台，绿萼和姊妹们静静地站在台前，嘴角时不时掠过浅浅的笑容，仿佛想起许多美好的过往。绿萼喃喃自语，江南这个时节该是筹备社戏了吧。

我一怔，难道你不是徐州人？她回过神来，嫣然一笑，丝竹意悠悠，流水听潺潺，小女子生在姑苏长在姑苏，去年举家迁到徐州。闻此，顿觉惭愧，我一个土生土长的徐州人，在自家的后花园竟让外乡人来导游。

春风袭过，暗香浮动，一抬头，已置身梅花丛中。绿梅、白梅、红梅、紫梅、乌梅……重重叠叠簇满一园，那些五颜六色的梅花骨朵缀了一树。"是探梅园到了吧？"见无人应答，我转过身，早已寻不见绿萼和她的姐妹们踪影。

梅花林中，陆续遇到市作协的文友们，他们已赏梅多时，相机里满满的都是那轻灵而脱俗的梅花。我拿起相机，步入梅丛，梅园里传来隐隐笑声，笑声缥缈而来又缥缈而去。在一株绿梅前，我按动快门，一朵含苞待放的花骨朵应声而开……

一庭书华烛青山

山有云气，蜿蜒如龙。说的是逶迤九节云龙山，亦说重檐歇山的七进云龙书院。

云龙山从前往后走，是徐州四位老市长的故事：放鹤亭翩跹着苏轼的儒、三让亭盛传着陶谦的爱、刘备泉涓流着刘备的仁、季子挂剑台长存着徐君的礼。云龙山最前方，留给了云龙书院。

云龙书院从前往后走，也是徐州四位老市长的故事：孙国瑜试建，姜焯筹建，李根云创建，宋骏光扩建，才有了这处书华庭院。云龙书院把一生，留给了云龙山。

从此，山有诗书气自华。

1

这片山林，既非嵬然山岳之林，也非低垂山峁之林，青砖黛瓦的云龙书院恰到好处地坐落其间，几与山林一体。山川在抱，烟霞为友，乱石穿空，曲港跳鱼，清风拂面，羽筝弦诵……骎骎 300 年，云龙书院与云龙山"琴瑟和鸣"。

在云龙书院之前，这里还是一片黄泛区，从宋到明整整 661 年的黄河水患，时不时的滔滢冲圮，城池甚至两度覆没，何来文化绿洲？

在云龙书院之前，这里还是一片思想钳制区，为防"士民之口"，竟直至明末遗民学者全部离世，竟直至"宾兴者盖寥寥焉"，才被诏告创建书院。

想想也挺可惜的，在书院最为鼎盛的宋元明清时期，徐州的书院不是耽于水患就是搁于兵燹，甚至因为政权的更替而"容不下一张课桌"。

终于，政清人和，文教聿兴。为了涵育熏陶彭城士子、为了给徐淮读书人一庭登科取仕的平台，云龙书院以官学的身份登场。历任知府知州不仅置之、葺之、增之，而且"簿书之暇，亲课其文"。清风徐来，青山开颜。

回过头看——

倘若没有孙国瑜的修冈置馆，哪有云龙书院的前导？

倘若没有姜焯的辟土架椽，哪有云龙书院这块饮射读书之地？

倘若没有李根云的踵事增华，哪有云龙书院这块匾额？

倘若没有宋觐光扩殿增院，又哪有长达182年的徐淮名黉之最的站位？

300年后，山林还是那片山林，书院还是那个书院。然而，云龙书院坐拥的岂止是一片山林，而是几度兴衰、沦肌浃髓的生死气概，也是古往今来政治修明、功不唐捐的官学气度，更是从"兵家必争"到"淮海经济区中心城市"的乾坤气场！

2

有道是"惟楚有才"。中国古代四大书院有三个在楚地，应天书院在西楚、岳麓书院在南楚、白鹿洞书院在东楚，余下一个嵩阳书院（今郑州）也在西楚边上。

却也道"于斯为盛"。西楚之都彭城，书院蔚然。继云龙书院之踵，养正书院、吕梁书院、聚奎书院、境山书院、河清书院、醴泉山书院……最"鼎盛"期，徐州的书院达25座。

蔚然之风何来？

贤达兴学——

仅在黄河频决的明朝，学基成沼后开衙让学的壮举便屡屡上演。"徐州仓""永福仓""左卫址""东大察院"……先后成为书院学堂。想想都很感慨，"官仓""兵营""官衙"每每腾让给"黉序"，何其崇高的境界！有贤达表率，"协志崇教""饬工佐材"者不计其数。

文渊献学——

仅在云龙书院授课的就有百位硕儒：叶长扬、王峻、王钦霖、刘庠、冯煦、邓析之……成为萦绕百年的文化回响。文明茂实之治的徐州，从不缺文人雅士翼道传经，汉晋而下，师儒徒众，代有杰人，才有了书院时代的师资力量。

乡贤捐学——

仅云龙书院就有 200 余顷学田捐建供养，孟家菴田 2 顷 32 亩、张家桥田 1 顷 98 亩、郭家楼田 13 顷 29 亩、常家楼 3 顷 79 亩、武家庄田 11 顷 5 亩……学田租息累年增加，真个是"举全市之力办学"！

在中国文化史上，"书院"是最灿烂的册页。以云龙书院为首的徐州书院，努力赓续着书院精神……意犹未尽！让我们再把镜头拉回 1787 年的那个傍晚，徐州知府宋觐光主持召开一次政府扩大会议，会议内容只有一个：商议扩建云龙书院。会议现场，"凡官于徐者，罔不踊跃捐资赡学"，一片公心，历三百年仍不朽！

3

于斯可以读书、治学——以诗书为堂奥。

于斯可以著述、编修——以性命为丕基。

于斯可以修身、交友——以礼义为门路。

于斯可以开坛、论道——以道德为藩篱。

那些历史烟云里的生动，只能浮光掠影地从册页间想象、放大。透过云龙山麓的重重叠嶂，是呦呦鹿鸣的白鹿洞，是快哉来风的望湖亭，是培育文士的大讲堂，是涵养文气的文昌阁，是疏浚文源的四贤祠……一座书院，有了厅、堂、廊、轩，有了庙、祠、亭、斋，在功能上、规模上已然盛大了。然而，总还觉得少点什么。

按理说，不少了。

不然，云龙书院何以培养出书法大家张伯英、北洋怪杰徐树铮、国会议员韩志正、诗词学者王学渊、教育名家杨世桢等数以万计的社会精英？

不然，汉学大讲堂何以经久不衰？

100年的沉寂，100年的积蓄，换来100多场的文华大合唱。

书法家刘文秋甩一袖青铜铭文，从商周走来！

人大教授林光华挟一卷老庄哲学，从春秋战国走来！

北大教授傅刚逸一身魏晋风流，从南北朝走来！

文史学者田秉锷叹一声帝王崇儒，从两汉走来！

南大教授莫砺锋携一阕诗词，从唐朝走来！

师大教授张仲谋吟一阕歌赋，从宋朝走来！

太极宗师陈伟推一手太极，从明朝走来！

历史学者丁爱华讲一段乾隆逸事，从清朝走来！

歌唱家苗雨唱一曲《咱们工人有力量》，从新中国走来！

郑愁予的诗歌、韩兰成的相声、仇高驰的书画、张巧玲的琴书、李文君的茶道、马凯臻的剪纸、郝敬春的沛筑、李平的射箭、田崇雪的侠义……

哦，于斯还可以抚琴、放歌，还可以放棹、招鹤，还可以陶情、济世，还可以……

4

在苏东坡履历徐州笔下，"舒教授"（舒焕）屡屡出现。一个是州城最高行政长官，一个是底层清贫教师，从二人之友谊，可窥徐州官与儒之融洽。

1917年，"辫帅"张勋驻兵云龙山，云龙书院房舍圮毁。"复辟"与"复兴"，一字之差，谬之千里。当世者、后来者，多少人在历史的是非墙上唾骂：张勋，你这个罪人！

这算是古云龙书院的肇始之风与倒罄之音。

历史总是发人深省。重生后的云龙书院好像一开始就态度鲜明，掮起"文化高地""国学阵地""素质洼地"的大旗，在猎猎汉风中卷起一庭书华，飙起一飓文艺复兴之风。这是一脉相承的担当！

"将书院课堂打开！"举"书"为魂，以"院"为躯，开门办学，开门设坛，开门授业，一切都以"打开"的姿势。案牍诗书万卷，堂下座无虚席，仅一年之短，"到云龙书院听讲座"已成为徐州人的精神生活习惯。

"将大学资源打开！"江苏师范大学率先推出"名师团"，将各学院的精英资源一股脑祭出，与全社会共享，引来各地高校资源……一把思想的火炬，高高地照耀着葱茏的云龙山。

"将媒体平台打开！"一边是信息高蹈的"互联网＋"，一边是峨冠博带的旧式书院，很难想象能合二为一。云龙书院做到了。一场跨越千年的携手合作，一个叫"云龙书院"的微信公众号，在互联网的高速公路上纵横捭阖，受众多达20

余万。

这又是一段"历史"!

倘若你醉中走上黄茅冈，听到书声琅琅，请你穿过这片幽静山林，拾级而上，登堂入室，你且步履轻轻，慢些，再慢些，听这满庭书华告诉你它的前世今生、继往开来……

春来纳帕溪谷

早春的纳帕溪谷，春风鼓荡，山峪里仿若通了暖气，一下子就暖融融起来。春风掠过，裁了绿叶，垂了万条，酥了河面，媚了阳光，醒了眠虫，醉了夜晚……坐拥一处纳帕溪谷，足以窥视整个春天的足迹。

我喜欢这里的春天，漫山遍野的枝枝蔓蔓，满眼覆绿，暗香浮动。这里与城市相隔十数里，恰如其分的距离，足够把烦恼消化殆尽再把山野春风打包回家。成片的果园和花圃，成群的孩子和风筝，交织成鹅黄、雪白、姹紫、嫣红、碧绿，一样的生机勃勃，充满春天的张力。

山谷里有条溪流，不够宽阔也称不上迤逦，甚至有点山野的拙朴。不知道它从哪里来，裸露的山石和荆棘将它曲折地引向远方。农耕的人们三三两两从溪边走过，春风和阳光也从溪

边走过，那些不知名的花草旁若无人地塞满河沿，夹岸数百步。溪中的小鱼儿"不知有汉、无论魏晋"，追逐河面的缤纷落英。、

有了这山谷，有了这溪流，这里便多了一个洋气的名字——纳帕溪谷。

从前，她不叫纳帕溪谷。她叫三华山。再之前，她叫小红山，一座遍布砾石的荒山，乱壑，陡崖，秃岭，写满了兵家必争的沧桑。它只是徐州群山中并不显眼的一座，却缩影了上个世纪五六十年代"徐州石林造山"的壮举。《中国青年报》记载了这段泛黄的记忆："铜山县三位小姑娘朱玉华、朱桂华、杨典华，背土上山，挑水浇树，几年植树造林，终为'小红山'披上'绿装'，后来当地政府取三位姑娘名中的'华'字将小红山更名为三华山。"

故事简短而低调，如同眼前这座山。山石长出了葳蕤，历史却湮没在后来者踏青的脚步里。

没有必要伤怀的。因为，徐州不缺历史。

任何一个山谷都曾绽放过两汉的花，就连这籍籍无名的三华山下也有一个纪庄村——西汉名将纪信的家乡。纪庄村再往前是汉王镇——刘邦封"汉王"后在此拔剑得泉，并建有汉王庙，留下一座千年汉王古镇。

从市区通往三华山，一路都是两汉的金戈铁马。然而，踏青的人们在这里觅不到这段楚汉辉煌。

小小的纳帕溪谷与那份厚重诀别，她扔掉秦砖汉瓦的遮掩，扔掉人文烛照的泥淖，循着自然质朴的民风，执意把这里

建成一座休闲地。观光，爬山，垂钓，烧烤，采摘，嬉戏，一应俱全。没有任何文字的堆砌，没有任何底蕴的渲染，纳帕溪谷静伫在时光里，等待着回归自然的脚步声。她等来了，好多人踩着柔软的春风，结伴而来，看看山谷，看看溪水，放放风筝，放放心情。

谷外，绿油油的麦田，蜿蜒的乡间小路，青砖黛瓦的民居。

谷内，一条未经人工雕饰的溪流，一片荒草丛生的山坡，几处行走在春风里的园林，一树树、一丛丛、一片片，充满旷世的悠长。

无拘无束的春风从谷里飘到谷外，从谷外折回谷里，牵着初生的春水，牵着初盛的春林，远近高低，尽慰风尘。这个春天，春风做伴，一起去纳帕溪谷吧。

东贺的羊肉，西贺的鱼

徐州东郊有俩兄弟村。西村名为西贺村，村人喜欢养金鱼，一尾尾小金鱼从村前的鱼池游向世界各地。东村名为东贺村，村里人擅长炖羊肉，一碗碗羊肉汤勾来了四面八方的饕客。路过的人都说，一"鱼"一"羊"，合起来就是彭祖首创的"鲜"字，这俩村真有意思。

这是20多年前的事了。父亲讲给我听的时候，俩村正挨着几里路远，中间是阡陌农田及成片的碧绿池塘。现在，村庄变成了城市，俩村楼宇挨着楼宇，鱼和羊的故事早已不新鲜了。

父亲曾在东郊一所中专院校任职，每天上下班都要经过东西贺村，经过那些鱼和羊。

他经常去东贺祭五脏庙，他说东贺的羊肉好吃啊，好几家做的羊肉都名声在外，最出名的是刘学典羊肉，羊肉炖得肉软汤厚，羊蹄煮得鲜辣可口，羊心炒得鲜嫩入味……我天生怕膻味，但父亲活色生香的描述还是让我记住了"羊肉王"刘学典。

父亲过西贺村，偶尔也会买几尾金鱼回家。比起羊肉宴，金鱼于年幼的我要更新鲜一些。那些金鱼让我记住了这个内心精致的村落，以及"金鱼王"王继龙。

俩兄弟村并肩，俩大王鼎立，总要有许多精彩的对话吧。

这些年，我一直隔着时空想象着那些交流场景。比如，东西贺村人在田间相遇时，会羡煞彼此的生财之道。比如，西贺村人会邀请东贺人跟他们一起去西安、深圳参加全国金鱼展，而东贺人会欣然前往捧场。再比如，伏羊节时东贺村人要拉上西贺村人到家里免费吃羊肉，吃完还要小钵大盆再端点回家……最终，我什么也没猜到，悻悻然终止这种凭空臆想。

我长大后混迹于烧烤摊，热衷于过伏羊节时，刘学典和东贺羊肉隔着大街小巷，从烟熏火燎中蹦跶而出，我一下子怔住了，刘学典羊肉还在？我记得后来问及刘学典时，父亲说老先生已经作古了。同桌的食客坚定地点点头，还在东郊，刘学典的女儿在那里开了两家分店，其中有一家羊肉馆离高铁站不远，识货的外地旅客到站后都会慕名而去。

那西贺的金鱼和王继龙呢，他们还养金鱼吗？他们怔了怔，说可能有吧，但都转移到别处了。我捋起衣袖嚼了口羊肉串，心却飘向了远方。城里不能养猪，城里不能养鸡，城里呀也不能养金鱼。变成市民的西贺村人，早晚都会淡了那层农耕印记。

或许，西贺金鱼如同今天市井闾巷里的东贺羊肉，也离开村庄走进城市，只是我不知道罢了。

后来某一天，被一群吃货直接拉到了刘学典羊肉馆，果如传说中一样，酒香不怕巷子深，虽在一片工业园区之中，甚至道路也蜿蜒难寻，但羊肉馆门前的汽车却排成长龙。味之所诱，无远弗届，这大抵是刘学典羊肉馆最骄傲之处了。

也顺带参观了东西贺。村庄没有了，金鱼池没有了，只有成片的安置小区，两处大型农贸市场和一处贺村新天地。小区楼下有好多羊肉馆，分不清是西贺人开的还是东贺人开的。今天，许多后来者和我一样，带着一颗金鱼的心却只能在羊肉馆里游来游去。

再后来啊，听说东贺和西贺原本就是一个村，叫贺村。我在想，没分家前，东村为村东，西村为村西，村东炖羊肉的炊烟习习散来时，定会醉了村西那一尾尾金色的游鱼……

故黄河呀，苏小妹

1

不知从哪一年开始，故黄河上"棹影斡波""鼓声劈浪"。龙舟竞渡成了徐州人的新宠。然而，没有屈原的巴楚，没有伍子胥的吴越，没有曹娥的江南，徐州赛龙舟为了凭吊谁？

岂有堂堂徐州空无人？

论气节凛然，"徐州二遗民"阎尔梅、万寿祺不逊于"吾将上下而求索"的楚大夫。

论英雄气短，定都徐州的项羽亦不输于名将伍子胥，更有说服力的是，楚霸王也是自刎江边。

论忠孝大美，为息河伯之怒投身徐州故黄河的苏小妹，可与殉父投江的孝女曹娥比肩。

然而，徐州人的感情天平，到底还是倾向了苏小妹——不然，人们不会把赛龙舟的地点选在苏小妹殉身的显红岛畔。

故黄河中的显红岛，端午节的赛龙舟，犹如活化石，忠实地保留了千年不变的情义徐州。

2

一千年来，苏小妹在徐州民间的名气，远远在她那位诗人政治家的哥哥苏东坡之上。"苏小妹救徐州"，"苏小妹是徐州的"，"徐州署中苏姑墓"……

民俗学家应该给徐州的端午志涂上这浓重的一笔，尽管这只是熙宁十年的一段传说，尽管这传说分蘖出两个版本——苏小妹乃苏轼之女，苏小妹乃苏轼之妹。

这些都不重要了！

重要的是，那一声"吾舍身，水且退！"传音千百年而不竭。重要的是，沙洲已成显红岛，它真实地存在于故黄河畔。重要的是，"徐人至今啧啧言之"。

多少历史和传说，成为后来人的精神家园。屈原是，伍子胥是，曹娥是，苏小妹也是。正因为这传说，才成就了端午节的百舸争流，才成就了"苏姑显灵"的代代传诵。

3

有人不解。徐州既不滨江临海，也非水国泽乡，为何要迷恋于水手的游戏？外乡人读不懂这种"兴趣"。只有经历过水患、战胜过水患、忘不掉水患的人们，才会执着于赛龙舟。

故黄河上的赛龙舟，比汨罗江、比姑苏河、比曹娥江上的赛龙舟，于是，便多了一分精神力量。这是故黄河的馈赠，也是故黄河的热闹。

故黄河好像从来都不缺乏这种热闹。1078年重阳，苏小妹舍身御灾的第二年，苏轼在故黄河畔举行了轰动文坛的"黄楼诗会"，许多文人流连于此。随手拈来，巨星耀眼。秦观、苏辙、陈师道、王巩、颜复、张天骥……故黄河因为他们而更加婀娜多姿。

诗人们如椽大笔一挥，便写下了名扬千古的诗文。这诗文里，没有苏小妹这个"虚拟人物"。然而，这并不妨碍黄楼的"隐隐啜泣"——很长一段时间，黄楼改为黄楼庙，庙内苏东坡与苏小妹的塑像一同站在徐州人的感情天平上，任后来者心藏福祉。

4

忽然有一天，显红岛来了一群画匠和雕工。不久之后，显红岛上雕梁画栋、虹桥水榭，显红岛成了公园。公园的主人是苏小妹。她再也不需要累年借宿于兄长家——苏轼的黄楼。

把最美的风景留给百姓，把最好的家园留给前人。珠山风景区留给了张天师——他的雕像高大巍峨。燕子楼公园留给了关盼盼——她的雕像大美无言。南郊公园留给了彭祖——他的雕像慈眉善目。汉文化景区留给了刘邦——他的雕像威加海内……显红岛还缺少苏小妹的雕塑。

显红岛的斜对岸百步之遥倒有一块石雕，那石雕威武，厚

重，洒脱，上书"百步洪"三个遒劲有力的大字。苏东坡的
《百步洪二首》镌刻其上。潘季驯的丰功伟绩镌刻其上。徐州人
的治水记忆镌刻其上。

显红岛因此生出一分温柔，多出一分温暖。感谢显红岛，
让苏小妹才从历史烟云深处走出。

5

苏东坡与徐州，心手相连不可分。

最先参透的是秦少游——"我独不愿万户侯，但愿一识苏
徐州"。

从此，"秦少游与苏小妹"的雅俗趣闻便载满了坊间——
城中那座快哉亭，记录了"苏小妹三难新郎""苏东坡为苏小
妹、秦少游主婚"等故事。一传十，十传百，百传千，千年而不
为人所疑。

后来人，谁都不忍拆穿这面西洋镜。

于是，大兴土木，筑了"苏姑墓"，修了"苏姑庙"，办了
"苏姑庙会"……那片留住苏小妹一袭红袍显红岛，已然成为
一座城的精神寄托。

一千年后的故黄河，河北端"黄楼明月，长留太守清风"，
河南端"红岛清幽，不尽黎民厚意"，一样的精彩，一样的
感动。

苏小妹的名气足够大了。再提及徐州与谁"不可分"，再
提及故黄河与谁"不可分"，应该是苏小妹了吧。

烟云老东门

这是徐州最神秘的一座"城中城"。之前的 80 多年来，民众从未轻易推开它的门扉。

这是徐州最骄傲的一座军事客厅。中国现代两场生死攸关的战争转折点——台儿庄战役、淮海战役——都把指挥部设在了这里。几千年的兵燹和水患在这里镌刻一摞恢宏印记，甚至在某种意义上它已是"徐州兵家必争"的最后一块活化石。

2011 年，在文化复兴战略的春风下，"军事客厅"变成了"城市客厅"。

人们迟疑地推开这扇神秘大门。

大门上，还是"老东门"三个大字。门庭下，还是军部的墨绿色哨岗亭。庭院里，还是城墙遗址、民国礼堂、碉堡楼台、红砖青瓦，就连那几棵一人合抱的法国梧桐、鱼鳞松还是一如既往的葳蕤。当年张勋复辟的辫子营还在，日本领事馆的松柏还在，李宗仁的指挥部还在，徐州"剿总"杜聿明的行辕还在，解放军 12 军警备司令部旧址还在，那铳创造和平的大炮还在，那旧时的民国建筑和那层历史尘埃还在。

雕栏玉砌犹在，只是朱颜改。变化的是那些房间门牌和进进出出的面孔。那些香的、辣的、酸的、甜的味蕾瞬间湮没了硝烟，那些新潮的、现代的、年轻的标签取代了昨天的徐州。

徐州昨天的大门不能关闭，她甚至在陆续打开一扇扇通往历史的门窗。人们站在这个被称为徐州"历史符号"的老东门里，看到一扇又一扇"老东门"从时光甬道中交替而出：感恩德惠的"明德门"，祈求黄河水清的"河清门"，月光旋回的"瓮城门""月城门"。

在老东门深达 10 米的地下叠层里，苏轼、范仲淹从这里名流千古，白居易、刘禹锡从这里长歌而去，刘邦、项羽从这里会盟天下……那里，又是一座"老东门"！

今天，这座被称为老东门的青砖黛瓦建筑陆续被赋予新的使命，"开放式红史博物馆""老东门时尚街区"……再多的厚望，老东门都承载得住。

你莫打马而过，且听它慢慢言说。

三探龟山梅园

　　梅花在春天略显尴尬。她虽"开百花之先，独天下而春"，却是代表冬季的花——春兰、夏荷、秋菊、冬梅。那就老老实实当个"岁寒三友"吧，偏偏不俏也争春，踏春的脚步几乎都是向她而来，访梅、寻梅、探梅、折梅、插梅、嗅梅、品梅、咏梅……她成了早春独一无二的主角，一任群芳妒。

　　这，是我一探龟山梅园时所悟。

　　那时的龟山探梅园正在建设中，近千株梅花在石头、泥坯、围墙中突围。虽尘土飞扬，但挡不住赏梅者的热情。"长枪短炮"的摄影达人，风尘仆仆的驴友，吟诗作赋的文学朝圣者，伛偻提携的城中人，尽聚龟山下。乌梅还在含苞，绿梅也只是花骨朵，大众情人白梅和红梅倒是露出了笑脸，足够了，足够吸引人了。

徐州终于有梅园了，这就是理由。

翌年，再探龟山梅园，绿梅、白梅、红梅、紫梅、乌梅在早春的料峭中气定神闲，先于绿叶一步，密密匝匝绽放枝蔓，重重叠叠簇满一园。那些在枯枝上鲜润的花朵，怎么看怎么像画上去的。游园者陷入了"格"物的场景，如王阳明独对那棵竹，一群又一群游人径直走来，搔首，弄姿，深嗅，留影，末了，或静伫一株梅前苦苦思索，或徜徉在梅林中无限遐思，或一步三回首不舍梅园。

午后，人潮退去。我一个人袖手于龟山探梅园，试图读懂其中深味。

那只是一截截木头，黝黑的、干枯的木头，皲裂的、扭曲的木头，为什么会绽放出五颜六色、成千上万的花蕊？

那只是一片片山坡，战争的尘埃，历史的尘埃，工业的尘埃，将这山坡堆成乱石丛生、土质沉渣的荒僻之地，为何能养活数千株梅？

那只是一座七拼八凑的园林，水榭楼台是从皖南舶来的，曲桥假山是从苏州园林搬来的，石雕石刻是从龟山底凿取的，梅树花草是从江南迁来的，它们来自五湖四海，为何能搭建成江苏省第七大梅园？

早春不缺花，云龙山下"一色杏花三十里"，湖北路上"玉兰花开雨霏霏"，珠山脚下"迎春花开春光泄"，灰不溜秋的龟山，疏离城市的龟山，迹冢难笑的龟山，为何独宠这梅花？

不容我猜透，赏梅的季节已过。林花谢了春红，太匆匆。

三探龟山梅园时，她已经不需要打广告了。知道的，不知道的，蜂拥而至。人们都说，走，到龟山探梅园看人去。接踵摩肩，人比梅花多。每一株梅树前都围着三五摄影人，每一枝斜逸的梅枝旁都有纤纤玉手，那真是空前壮观。临近傍晚，人潮依然喧腾不止。

徐州人没看过梅花吗？我不敢大声质问，自己不也是一探、二探、三探吗？

雪虐，风饕，寒摧，清极不知寒，雕刻出一朵朵精致的梅花。这本身就很励志。却还有不少节目，原拆原搬来的徽派建筑终于有了用武之地，在水一方，在石之畔，好一处百姓大舞台，吹打弹唱，丝竹不断。一个奇特的景象出现了，社戏声中，人围着梅，梅围着人，人与梅共驻足，人与梅耳鬓厮磨，人与梅一起俯、仰、笑、颤，活了，整个龟山梅园活了……

看来，梅花不仅解朔风之意，还解园林之情。

看来，梅香不仅是看的、嗅的，还是听的、品的。

明年，四探梅园，是否还有新的惊喜？我想，答案是一定的。

雨过山如洗

徐州西郊，有大彭、楚王二山，方百里，高千仞。

大彭山因境居800岁彭祖的故里，而扬名海内外。

楚王山，则是百家荟萃。有千佛洞，有楚霸王的点将台，有千年唐槐枯荣，有万里黄河前横，是禹贡九州的五色贡土采集地，是历代楚王之冢址，也是苏东坡的十里长亭——送君直过楚王山。当地人习惯称它为霸王山。

两千年后，一场春雨在这座霸气十足的楚王山下纷纷扬扬。

雨润来了。中国民营500强第8位，中国肉食品加工业第1位的雨润集团，来了。

杨军也来了。2006年，杨军以新城区建设指挥部副总指挥的身份，赴徐州东南郊造城。数年后，一座新城拔地而起。杨军旋即被市委委派到徐州西郊，担任徐州雨润项目总指挥长。

一个专业造城者与一个霸王级企业一旦联袂，好故事便源源不绝。

很快，楚王山下一座3000亩的雨润新城呼啸而出。"城"是好城。出门即绿，转身即景，市内最大的宜居楼盘、省内功能最全的邻里中心、国内最好的养老服务业机构，足不出"城"，遍享其利。值得一提的是，因其撬动，33平方公里的淮海新城被提上了规划建设的日程。

很快，楚王山下一座2000亩的雨润物流园——雨润农副产品全球采购中心横空出世。这一条街是粮油批发市场，一袋袋花生、大豆、玉米被码成一首首鲜活的诗歌，或婉约或豪放地登上一辆辆货车——徐州市场80%的粮油在这里交易。那一条街是数百家果品商铺，海南的香蕉、泰国的榴梿、丰县的苹果、铜山的葡萄，万里之遥与百里之内一起被水灵灵地端上饭桌。这只是雨润物流十大市场之二。

很快，一栋神秘的"大数据"平台跃出雨帘，雨润人秘而不宣地称其为"四大中心"：检测中心、结算中心、监控中心、信息中心。这是全国领先的"食品追溯系统"，无数个数字像沸腾的开水在平台上夜以继日地翻滚。一棵白菜，在哪块地生长，在哪辆车运输，在哪个市场加工，有多少同胞兄弟，原价多少，优惠价多少……一目了然。"从菜地到餐桌"，这是一棵菜的透明之旅，这是一群人的舌尖之祉。

很快，一块2000亩的肥沃农田在楚王山下被挥毫成一篇篇"生态+"散文，那一篇嗖嗖拔节的富硒麦田是平铺直叙的散文，那一篇神醉情迷的桑树林是跌宕起伏的散文，那一篇匍匐在大地上的草莓园是优美轻快的散文……无论前面的雨润物流如何急管繁弦，后面的试验田始终保持着袁隆平的科学态度，以独有的古法生物循环闭环技术，将无农药、无化肥、无虫害的农副产品捧到物流园的雨润专柜。

于是，楚王山下热闹起来、喧腾起来、繁华起来。车流，人流，物流，接踵、如织，一排排西去的大雁掠过这片土地的上空时留下啊——啊——的惊叹。寂寥千年的楚王山，闪烁着原始光泽的楚王山，惊尘飞隘的楚王山，在这场雨水的滋润下，焕发出清明的色彩。

明眸后的楚王山，面对频放大招的徐州雨润，面对掩盖其名岳风光的新芳邻，掷声长叹：雨润是个骗子！说好要做"道德食品工业"，却做起了"良心地产工程"和"幸福养老事业"，更做起了"超级物流市场""生态农业庄园"。

雨润确实是个骗子。

她居然还有好多"后招"。在那个生态农业庄园里，她养了一群动物，开了一家儿童动物园；她正在抢救性开发一座知青宿舍，建设名为"鲜花盛开的春天"的人民公社。在现代化物流园和古代农耕庄园之间，她又规划了70万平方的商贸中心。在徐州东郊吕梁风景区，她复制楚王山"新城居＋古农场"的模式，推出"升级版"的雨润太阳城和吕梁农场……

楚王山历经风雨，独逊于、润于这场雨，它心服口服，它愿与雨润风雨同行。

大河遗落徐州

徐州与黄河，有不共戴天之仇。

溃、决、溢、灌、滥，黄河水患在徐州汹涌数百次。

脏、乱、差、臭、浊，生态赤字在徐州蜿蜒数百公里。

洪、涝、旱、渍、碱，黄泛沙土地在徐州冲积数百平方公里。

携万顷泥沙，万里奔腾，以世界屋脊的高蹈，以661年的岁月长度，刷下一片苦难——"物产不生、舟车罕通""哥嫂逃荒、爷娘吊梁"！

它最残横的一次，竟将整座徐州覆于泥浆之下，至今留下一座"城下徐州"。

这仇，怎么能解开？

这仇，怎么又能解不开？

那可是生命的源头啊！是民族的源头啊！是文化的源头啊！是母亲河，是血脉啊！在这方水土紧密融合的胸脯上，徐州繁衍生息了整整5000年！

1

《山海经》中，她被称为"河"。

《汉书》中，她被称为"中国河"。

《史记》中，她被称为"大河"。

大河遗落徐州，她被憎恶地称为"废黄河""淤黄河"。

在这里，磅礴的"河"、喧腾的"中国河"、咆哮的"大河"终于安静下来，褪去状澜，平抚啸声，无奈地蜷曲在古老的焦土上，呼吸粗重而无力。"多沙善淤""善决善徙""夺泗入淮""抢涡霸颍""裹沂挟沭"……她终于累了、病了。

"高崖"不再"夹流"，"河槽"不再"深幽"，"岸道"不再"坚实"。

中泓狭窄、河道淤平——看，她已病入骨髓。

于是，一场关于"中泓治理"的革命悄然喧腾。从丰县二坝源头一路而下，丰铜界，铜萧界，市睢界，睢宿界……从徐州最西北到徐州最东南，六百里分麾下治，清淤、疏浚、拓宽、固堤，用"百年一遇"的排涝设计，用"百年一遇"的标准筑圩，用"百年一遇"的排水疏浚。高冠全城十米的悬河，慢慢沉下身来。"淤黄河"彻底告别徐州。

水源不足，河床干涸——哦，她已病入肠胃。

于是，大运河、房亭河、郑集河、丁万河、白马河、徐洪河……从四面八方奔腾而来，"血脉倒流"，义无反顾地反哺母亲河。那些河道，轻易便原谅了夺道之仇。

昨天，黄河从澶州决堤，"全河尽出徐、邳"，摧毁徐州众水。今天，众水齐聚，力保黄河大动脉。

黄河有幸，赖众水之流；江山有幸，赖众民之心。

汛情频仍，调蓄无所——她病入腠理。

于是，梁寨水库、王月铺水库、大坝湖水库、六堡水库、水口水库、下洪水库……一藤多瓜！仿若一夜间，黄河故道的藤蔓上结出19个"瓜"。灌溉，削洪，蓄水，一应俱全。行洪，排涝，调水，一画开天！

不知哪个"粗心"的画匠不小心在黄河的腰眼——那个叫丁楼的闸口弯刀一点，黄河水汩汩清流而出，洗濯了奎河，涤清了徐洪河，清澈了梁西河，净化了一座城的水系。"废黄河"成为"福水道"。

那声问天的"俟河之清，人寿几何"，终于等到了答案。

那句不争的"三十年河东，三十年河西"，终于迎来了新解。

大河遗落徐州160年，从"淤黄河、废黄河"到"故黄河、古黄河"，历经了漫长的"病养"。大河不知道，个中穷尽几代徐州人的血水、汗水和泪水。

2

中国里程最长的黄金水道，有两条在徐州纵横交汇——雄伟的京杭大运河，雄壮的黄河，动驰千万里，只为彭城一会。

那是多么神奇的相会，一条自九里山"南行而东折"，一条缘九里山"东行而南折"——"汴（黄河）泗（运河）交流郡城角"。

第一要津，两水汇通，连通三沟，四方都会，五省通衢。

这是黄河与大运河赋予徐州的无上荣光。

大运河还在日夜奔流。

然而，黄河呢？奔腾而来，又拂袖而去。

她在徐州留下的绝不是一条"伤痛的纪念碑"，也绝不是一条"醒目的贫困带"。

她应是水草丰美的"水上长城"。

丰县二坝湿地，沛县安国湿地、九里桃花源湿地，泉山临黄湿地，铜山吕梁湿地，睢宁房湾湿地、白塘河湿地……一路旖旎！蒲草、芦苇、浮萍、荷莲，沿着水与土的律动，在这水天之间平铺直叙。白鹭、野鸭、白鹤、鸬鹚衔来"一城青山半城湖"的自在与逍遥。

她应是花果飘香的"绿色长廊"。

不知是谁先想到用梨树防风固沙。那婆娑的身影一脚站在了沙滩上，从此，浩荡无垠的白沙变成了漫山遍野的白酥梨。继那棵梨树之踵，大沙河苹果、何桥石榴、徐庄樱桃、魏集黄皮西瓜、古邳银杏……纷纷抢滩。经历几代人淘洗的泥沙啊，成为最优质的沙土。

她应是烟火满衢的"人间长歌"。

黄河故道成了"道"，一路虹桥水榭，一路杨柳夹岸，一路宝马雕车，两岸笔直的公路像两条灰色匹练，陪伴这条青绿的河流一起奔赴远方。赶路的，踏青的，远足的，凭吊的，锻炼的，垂钓的，络绎不绝的脚步在黄河畔纵情书写一首长达260公里的诗歌。

大禹治河，刘彻封河，苏东坡堵河，潘季驯疏河，李蟠理河……俱往矣！今天，徐州人民智慧用河。

西去的霞光迂回在她的身段上，醉了两岸的"金"土地：锦绣良田，旅游胜地，文化圣地……这是徐州人披翠展碧、邀雨成韵的又一不朽之作。

遒变，衍变，蜕变，嬗变，蝶变……多少修辞学都穷尽不了黄河故道的今昔更迭。

故黄河安详地躺在徐州的臂弯，只记住一句——"人定胜天"。

3

黄河在徐州，是一部文化史。

彭祖调羹、季子挂剑、孔子观洪、张良拾履、解忧西嫁、关女守楼、永乐建仓……璀璨一条古黄河。两汉、三国、唐宋、明清，一撇一捺，无不是一声浩歌。

最值得称颂的是苏东坡，"春雨涨微波，一夜到彭城。"徐州在黄河前生死攸关时，恰是苏东坡一蓑烟雨入彭城时，于是，一场旷世之战被载入了民心和史册，苏堤、黄楼、镇河铁牛、百步洪、显红岛、黑石潭……抚河而行，一路都是这位诗人政治家的匆匆步履。

一条河，一个人，一座城，纷说千年！

黄河在徐州，是一部战争史。

皇帝战蚩尤、刘邦战项羽、曹操战吕布、刘裕战慕容超、李世民战徐元朗、李鸿章战赖文光、孙传芳张宗昌、蒋介石战冯玉祥……因为一条河，"兵家必争"400战。

最值得说道的是刘邦战项羽。黄河在徐州的最上游——刘邦故乡，黄河在徐州的最下游——项羽故乡，两位英雄就这样"溯河而战"，他们划分"楚河汉界"的鸿沟竟也是——黄河！

黄河在徐州，是一部地名史。

黄河新村、黄河饭店、黄河农贸市场、黄河路、河清路、夹河街、大坝头……市井间巷，处处是大河遗落后的风光。一条河的文化餍足了一座城的全部呼吸。

不能再说了，说多了全是骄傲。

窥徐州一斑，可见九曲黄河这一路该有多少精彩啊？

然而，徐州人等不及了。

无论是"古黄河市区段综合治理"，还是"黄河故道沿线二次综合开发"，无论是"六大功能"，还是"七位一体"，"文化旅游"始终跻身其中。那一路的璀璨和繁华，绕也绕不开。

把渊薮做成景胜，这是今天的吕梁山风景区、水域仿汉雕塑。

把怀念做成文化，这是今天的显红岛公园、黄楼公园。

把历史做成繁荣，这是今天的牌楼、大坝头。

把壮观做成休闲，这是今天的古黄河公园、文化墙广场。

把气势做成精神，这是今天的兵魂广场、百步洪广场。

当年的"天下四大粮仓"，当年的"汴泗交汇碑"，当年的

"国储门"，当年的"大河前横"……无不雕琢为历史人文景象。

黄河文化、两汉文化、苏轼文化，醉了一座城。

4

"圣人出而黄河清。"

黄河故道上哪有什么圣人？

"帝王将相、英雄豪杰、兵痞匪首、鸡鸣狗盗之徒……"，这是生长在黄河故道的作家赵本夫所言。

"其民皆长大，胆力绝人，喜为剽掠，小不适意，则有飞扬跋扈之心，非止为盗而已……"，这是亲历黄河水患的徐州老太守苏东坡所言。

雄浑的黄河，孕育了雄性的徐州。

最先跳下圣坛的是那位圣人中的圣人——孔子。孔子跳下圣坛的第一脚是黄河的湍流飞沫前，他在吕梁洪目睹了"悬水三十仞、流沫九十里"的壮观景象，发出"逝者如斯夫"的千古之喟。

接着是苏东坡了，他跳下圣坛的第一脚就是湍急的黄河。"高挽裤管、荷锸城头"，"庐于城上，过家不入"，哪里还有半点斯文？哪里又顾得上斯文！再之后，他来到了百步洪，"兔走隼落""骏马下注""断弦离柱""飞电过隙"，他曾未如此形容一条河的惊险。即便他后来面对长江，也只不过一句"乱石穿空，惊涛拍岸"罢了。

水患频仍的徐州，黄河改变了多少和风徐徐的秉性。

黄河，给了徐州人雄迈的力量。她穿过一座城，成为一座城的脊梁，成为一座城的贲张血脉，成为一城人生命里的一条长河。

拉魂腔（柳琴戏）、梆子戏、徐州琴书……那么多的黄钟大吕，那么多的阳刚旋律，那么多的金戈铁马，密集于一城之间。

徐州人刘邦，沿着这条黄河水一路西溯，芒砀山、荥阳、霸上、关中、长安……以一曲"大风歌"，在中华民族的疆域上刻上一个大大的"汉"字。

徐州人马可，沿着这条黄河水一路西溯，郑州、洛阳、三门峡、延安……"以火一般的热情"，成为"人民的音乐家"。

……

前仆后继！

终于等来了他们——

黄河从未见过长江，他们只一曲"南水北调"，便让江河同俦！

徐州人从未见过黄河九曲，他们只一处房湾湿地，便让九曲律动！

徐州从未有千岛湖，他们只一处二坝开发，便让千岛入河！

人民，才是真正的圣人。

徐州与黄河，相视一笑泯恩仇。

老街坊

也许，人们从未想过有一天能推开这扇神秘的大门。门楣一如往昔高大庄严，门庭上的字却由"市委大院"变成了——"老街坊"。

好多神秘的大门已被次第推开：苏东坡的徐州府衙变成了彭城壹号街区，李宗仁的指挥部成为老东门时尚街，蒋介石的行辕成了寻常人的花园饭店……雕栏玉砌应犹在，只是朱颜改。

然而，老街坊打开的又岂止一扇大门。这里，已然成为百姓的舞台——街坊中心赫然立着"百姓大舞台"。歌台，暖响，藤椅，谁有闲情谁登台，谁有雅致谁欣赏。朝歌夜弦，不亦乐乎。

从"台大无百姓"到"百姓大舞台"，这是政治修明的最大馈赠！

寂静的老街坊因这咿咿呀呀的唱腔，顿时便有了生气。于是，整个街坊从历史深处醒了过来，甩一甩衣袖，便挥出一幅市井百态图。

窑湾绿豆烧、樊哙狗肉从京杭港走来，绍兴臭豆腐、扬州一把刀从烟雨江南走来，蚵仔煎、澎湖海螺串从海峡对岸走来，三义春羊汤、福牌阿胶从齐鲁大地走来……吃购娱宿，一应俱全，非遗和老字号，琳琅满目。

人们从四面八方涌了进来，消费，消遣，或者仅仅是消磨——消磨这"慢生活"的时光。

朝阳晒露时，夜色氤氲时，烟斜雾横时，走在写满沧桑的石板老街。

走着走着，便走进了一段市井生活。叫卖声、吆喝声、咂摸声、马达声，茶馆里的拉魂腔，百姓大舞台上的梆子戏，从呼童巷绕到铁货街再绕到盼美人巷，此起彼伏，隐约而清晰。

走着走着，便走进了童年时光。依墙而开的店铺，临街而设的木货架，糖人儿、面人儿、冰糖葫芦，馓子、蜜三刀、羊角蜜，纸花灯、纸风筝……仰起头，便看见了童年的天空。拐角处遇到嬉戏追逐的孩童，仿佛遇到了童年的自己。

走着走着，便走进了青砖黛瓦的老徐州。廊腰缦回，檐牙高啄，窗棂斑驳。面容可掬的汉代陶俑，衣袂飘飘的民俗雕塑，精致细腻的奇石古玩。粗粝的大缸，上了年月的石碾石磨，或依，或卧，或坐，清水从暗口处涓涓而下，顺着这狭窄而又悠长的青石板款款而行，遇到水池便钻进去不见踪影，遇到高墙便纵上去挂成瀑布，挂成一代人记忆深处的风景。

这是"修旧如旧"的又一力作。

旧时光与新时代的和解与交融，调配出老街坊的独特风情——老街的古风古韵犹在，却妆点出新的味道。没有了老街的车水马龙，却有了老街的人声鼎沸，没有了旧时繁华，却多了一份古朴怀旧。

踏进这巷落，一种返璞归真的亲切感油然而生。

一人巷、二眼井、三民街、四道街、五孔桥……徐州"十字歌"隐藏其中，像是影视剧里一首首耐人寻味的插曲，踱步其间，觅着，品着，给闲适的心多了一个去处。

一座城市的历史便汇聚在这些微缩景观里。多少遗忘与邂逅，多少夙愿与憧憬，在这里沧桑轮回。于是，从一条巷落走进另一条巷落，往往返返，仿佛穿越在历史的隧道，许多旧时光从中缓缓溢出。

前街的"两来风"七十古来稀，后街的赵信隆酱园恐也有400岁了吧，它们只是老街坊的扉页，然而它们又恰如信函的前后两面，将这五千年的沧桑徐州一股脑装进了信封，寄给未来的我们。

嗨，1818！（外一篇）

据说，在徐州吃货的天平上，左秤盘里挤着彭城壹号、南湖水街、滨湖新天地、老东门，右秤盘里只盘踞着一个1818美食广场。他们伸出五根手指，说1818就是用来咂口水的食指，彭城壹号等4家美食广场是其他四根承接口水的手指。

这样毫无原则地吹捧1818会引起公愤的，甚至非吃货们还混淆1818与创意68，它们经常大剌剌地给外地人指错路，让那些想"嗨一顿"的外地吃货无端被创意68的老工业文明先行洗礼。

吃货们如此看好1818，无非依仗老牌楼的底蕴。始建于1818年的牌楼，在昨天成就了黄河码头渡口、农副产品市场等大众饮食，在今天则成为徐州中心商圈的重大饮食圈。200年的光阴里，牌楼前始终人流如织，也始终围绕着一个"吃"

字。很显然，1818美食广场巧取了这段历史作为名号。

不过，1818没有让吃货们失望。那些从世界各地摸撞来的美食，在这里迅速找到了拥趸。

这是各种风格的融会。有的如海底世界，有的如明清茶楼，有的如夜店酒吧，炭炉小火，邻家小妹，民间小曲，人间小吃，荟萃成一场维也纳音乐会，足够繁花似锦，足够热闹非凡。丝竹乱耳间，谈笑风生间，杯空碟乱。

那家叫嗨货餐厅的美国传奇美食，首创徐州第一家手抓餐厅，你见不到筷子和盘子，连食用武汉热干面的纸碗、啄取蜗牛肉的牙签都找不到，对付虾、蟹、贝的唯一方式就是原始的掰扯。

那家自称"徐州海底捞"的川锅一号，丝毫不惧对门傣妹和秦妈的犀利眼神，一出场就是"彭城一号"的范儿。品质为王，服务周到远远超过五星级酒店包间。

那家叫徐州大排档的饭店，从起菜到写酒，从装饰到风味，地地道道的老徐州味道，原汁原味，亲切随性，说不出的熨帖和熟悉。200年的老牌楼饮食似乎都能在其中觅到。

长野拉面、巴国布衣、比格自助、巴厘岛海鲜自助、趣多客烤鱼……打开微信平台，打开美团网，打开美食论坛，活跃在扉页的活跃在人气榜的始终是1818的餐厅们。

2015年徐州人吃了200亿元，嗨，1818的吃货们，这其中有你的"杰出贡献"吗？

创意68

创意68。它若不说，初来者真不知道它的前世今生，甚至弄不明它是做什么的。

它是玩创意的。从头到尾、从里到外都是创意。

它的名字是创意的——撷自民主北路68号。

它的理念是创意的——让城市记忆成为每个人的文化财富。

它的装饰是创意的——用现代元素在老建筑、老厂房、老符号、老照片上雕刻时光。"古色"和"清香"如同两束美丽的光，交织在锯齿形、酡红色的厂房上，让人分辨不出岁月。那些久远的生锈的废弃的履带、磅秤、热力管网被雕刻成小景点，任光阴轻轻抚摸。

它的业态是创意的——现代服务业集群、文化产业集聚、楼宇经济集中。

它的业主也是创意的——创意培训、创意办公、创意酒吧、创意创业……走进1971艺术餐厅就像走进一段段年龄的万花筒，走进晶彩琉璃厅就如同走进琉璃原产地徐州的线装书，路过卡基拉俱乐部就像路过一场纯洁无瑕的梦，推开安菲娅花房的柴扉就像解开一个美丽的编织袋。

是的，这块土地一直都是在创意的路上。近70年的历程中，这块土地、这间斑驳的老建筑，始终是"城市新宠"。爬梳它的过往，就是在看它的一次次华丽转身。解放前的徐州第一纱厂，解放后的内衣厂，改革开放春风里的徐州纺织总厂，90年代的国内首家天鹅绒生产商绒冠纺织公司。

在绒冠纺织搬离主城区后，这块土地再一次美丽嬗变，一趔身就成为中国最佳创意园区，成为淮海经济区首家文化创意产业园。

这只是徐州老工业基地转型升级"悬沫三千长"中的一抹浪花。在经济浪潮中，那些老建筑搭乘创意之舟，变幻出万千风情。老矿务局会堂摇身一变为汉纳国际欢乐谷演绎中心，老市委大院蜕变为中华老字号老街坊，回龙窝街区升格为回龙窝历史文化街区……

因为创意，保护老建筑、留得住乡愁、土地二次利用融合为一体，焕发出新时代的荣光。你若空闲，沿着民主路一路向北，亲手盈握这古老而年轻的"创意68"吧。

明朝那条河

秋是忍不住的，冬是藏不住的。

当萧瑟变为肃杀，一切生命的体征更为明显。万类霜天，路是干涸的，泥土松垮，瞪着无神的眼试图杀死空气，结果自己却被空气吮吸干了。石头老成坚硬生冷，那股冰凉劲儿是倒吸一口冷气的。杂草衰败枯黄，像抽了筋一样瘫倒在路边，触目惊心。树枝与落叶"花自飘零水自流"，好在都还拥有同一种肤色——灰色。灰色是仲冬最合适的表达方式。

从花红柳绿的城市，穿过银杏飞舞的金黄色，进入灰色的城郊。整整40里，驱车一路狂奔，到了灌沟河边，刹住了车。此行的目的是寻找那座名为燕桥的古桥，据说它是永乐大帝朱棣还为燕王时留下的一座桥。燕桥横跨于灌沟河上。站在燕桥上，站在灌沟河上，就站在了明朝的时光里。

冬日的灌沟河冷清而灰暗。我的目光从那座桥上移开——它实在没什么可以琢磨的，青石砌筑，用料粗壮，是北方常见的石桥建筑风格。

目光顺着河堤伸长。

这是一条界河，是老祖宗以山川形便划分边界留下的一条鸿沟。横跨河上，一只脚踩着江苏的泥壤，一只脚则踏着安徽大地。风在河湾打着盹，三三两两的农人将头包裹得严严实实，夹岸而行。风乍起，揉揉惺忪之眼，仍是寒冬，纳头再睡。

这是一条古河。有桥就有河，桥是明朝建，想必明朝时就有此河，或许更早。这条河很长，从明流过清流过民国流到今天，岁月长河，纵览低徊，潺潺流水依然穿桥而过。这条河也很短，短到把地图稍微缩小一点，就找不到这条河。

北接运河，南流濉河，这条灌沟河只能算是一条支流。一"支"独秀。在成排的大树和麦地之间，灌沟河纵横捭阖，可劲儿地撒欢，她流到哪里，哪里就是水草和沙砾的故乡，哪里就是江苏和安徽的分界，哪里就是明朝的印记。

现在是枯水期。灌沟河的水流很浅，河床里的沙砾和草根透水可视。没有鱼虾和水鸟来嬉戏，没有抽灌的机器轰鸣，野渡无人，难得清闲。它把水流束得很细，把水温降得很低，节衣缩食，尽量保留体力，等待着来年的中流击水、浪遏飞舟。

它会挨过漫长的冬天，会等来推搡、趵踔、急遽、脱缰、崩塌般的水流。

在古驿道的必经地，金戈铁马，粮草辎重，快马加鞭……

灌沟河从那些慢或快、重或轻的横跨的仰望中，已经看过了太多的汹涌澎湃。再磅礴的水流终将会慢下来、瘦下来，就像现在，刚刚好。能够日夜奔流，能够从明朝流到现在，一泓清流600年。

来来往往多少人，又有谁知道它的芳名？在水流中国中，它普通的名字几乎没有人听过。尤其在那些奔腾千年、动驰万里的大川面前，瘦小的灌沟河实在微不足道。

然而，猛浪若奔又如何？

泗水不猛吗？"悬水三十仞，流沫九十里"，那又如何，古泗水在徐州已经消失数百年。

汴水不猛吗？"千顷浮花镜面磨。"那又如何，如今亦一去不复返了。

黄河不猛吗？夺泗入淮，或决或塞，漫浸乡野。那又如何，它老在了徐州，成为"故黄河"。

灌沟河不语，用来自明朝的余光瞅了瞅远处那几个"猛男"，600年时光老去，再抬头时，"猛男"们只剩下清韵。灌沟河藏在清韵中，在风雪抚摸过的冬季，在盛世的冬阳里，风一吹，便露出了600年的容颜。

从"城之西",到"西之城"

1.门前这条路

门前这条路,是徐州的西出入口。

门前这条路,名叫大彭路,它通往人类长寿的发源地——彭祖故里。

门前这条路,又名徐商公路,它通往中华文明的渊薮地——中原。

千年路基上写满了先贤足迹。老子从鹿邑走来,孔子从夏邑走来,庄子从商丘走来;墨子从更远的鲁阳、苏秦从更远的洛阳、李斯从更远的上蔡……踏歌而来。

诸子百家,竞相风流。

门前这条路，山翻山，岭越岭，一眼望不到尽头。

1000 多年前，苏东坡在这条路上送别友人张师厚时忍不住感喟：断岭不遮西望眼，送君直过楚王山。

苏太守不知，历代楚王便埋骨这群山峻岭。

苏太守更不知：数个月后，自己亲手在这里点燃中国煤炭工业第一把火——门前这条路，连着"煤都徐州"的先声地白土镇（今属萧县）。

义安矿、夹河矿、卧牛山矿……门前这条路，从此长歌《石炭行》。

门前这条路，绕不开身后那条河。

那条奔腾万里的黄河"西来而南曲"，在这里完成一个惊人踅身，以世界屋脊的高蹈，以 660 年的岁月长度，刷下一片黄泛平原。

凌乱的轮廓和线条，起伏的身姿和光影，风从八面来，人往四方去。门前这条路，它摆脱不了"西郊"的荒僻，它也甩不开省际接合部的弥望。

门前这条路，直通"新丝绸之路"，它多想借此变为徐州的"茶马古道"。

门前这条路，倔强地坚守徐州西大门。

渐渐地，有了"阡陌纵横"，有了"屋舍俨然"，有了"良田"，有了"美池"，有了"桑竹"，然而，却始终无一座现代化城市地标。

韩山隧道贯通，淮海路西延，西三环高架开工，地铁 1 号线勘测……一夜间，所有隘口都已指向门前这条路。

门前这条路，终于，要从"城西"走向"西城"。

2.脚下这条街

飒飒秋风犹如一位丰神俊朗的书生，从故黄河闲庭信步而至，在门前这条路上一个优雅的转身，便洒落一地金黄。透过落叶缝隙，他错愕地发现一条堂皇大街豁然眼前，他清晰记得去年别枝时，这里仍是一派荒僻光景。

他拨开飞舞的落叶，教堂气息、皇室贵族气息、文艺复兴气息，扑面而来。层层叠叠的碧瓦一片挨着一片，堂皇肃穆的朱墙一面连着一面，一排排人字形屋顶，一座座方顶圆顶角塔，一扇扇凸肚窗棂，错落其间。雕栏、玉柱、植坛、壁龛、塑像、池园，遍布其间……

"好一座呼啸山庄！"

秋风的感叹惊扰了屋顶那只晒太阳的猫儿，它警觉地翻身竖尾，在这座中世纪欧洲屋脊上迈起了将军步，冷清清的屋瓦顿时活泼起来。

楼下那条街也顿时有了生气——依旧是故黄河的一声欸乃。

门前那条路也从历史深处缓缓苏醒——依然是古徐州的一声叹息。

旧隐丘墟外，新堂紫翠间。

6000年的徐州，阅遍了黛瓦青砖，那些非黑即白的"旧隐"，早已被赞美声和脚步声堆满，掌声迭起的下一站当属这紫翠"新堂"了吧。

只是，这一拨拨参观者、一声声感慨、一句句称颂，新生的风情街能否经受得起？

全市小学名校校长团来了，他们留下了一座冠军名校——少华街小学。全市幼教集团的参观者来了，他们留下了全市四强幼儿园之两强——妇联幼儿园和幼师附属幼儿园。唯创国际考察团来了，他们留下了闻名遐迩的养老服务业机构——幸福9号……

置业者、观望者、质疑者接踵而来，看到花木掩翠，看到先进理念，看到异域风情的城市客厅，便再也挪不动匆匆步履。

于是，感叹者变成了感召者，热心人变成了动心人。

于是，一个又一个配套设施从"参观"变成了"参展"。

那个叫"幸福食堂"的饭菜香不香已经不重要了，仅听这名字也就醉了。食堂的主角是国家高级烹饪技师、徐州烹饪协会秘书长靖汝德。雨润居民——他们不是负笈苦读的学生，西郊人们——他们不是俸禄劳作的职工，他们甚至只是农人、工人、路人，却可以"吃食堂"，一饱舌尖上的餍足。

那个叫"幸福咖啡"的茶座舒适而优雅，品完一杯咖啡，服务生就端来一杯清水。杯空，再满。杯再空，再满。一个温馨的细节，拂掉了来客身上的风尘和孤单。西郊人有幸，在"荒郊野岭"中品茗咖啡之浓香，浓香跌入胃中，触及胃壁后快速反弹，忍不住顶出一口幸福的饱嗝。

那个叫"幸福乐园"的儿童乐园里欢乐爆棚，齐备，开放，免费，周至，幼儿师范学校请来的"孩子王"迷恋这里的快乐，终日笑靥如花在这里听笑声、听歌声、听成长声。

那个叫"幸福驿站"的物管中心，闪耀着金牌服务的光环，邮件收发、宠物托管、家庭保洁、房舍看护……一站式，一条龙，一揽子。人性化的服务已远远超出"物业"的范畴。

从幸福9号，到幸福食堂、幸福咖啡，再到幸福乐园、幸福驿站，这是一脉相承的"幸福"主题。"让购房者明明白白地花钱购房！""让业主住进来一点儿都不会感到生活上的不便利！"总有幸福渴望，无不力所能及。

然而，我分明看到了人的一生。

这多像是一棵人生大树。树干是那条英伦风情街，左右旁逸的树桠则是滋养生命各个阶段的配套设施。

童年的目光迷恋着雨润儿童乐园、幼儿园和花花绿绿的街景，童眸溢出的快乐就像风抖落晨露一样，让人无力忘怀。

少年的阳光穿过云隙落在冠军小学的新平台上，复又折射进社区影院里，散落在大大小小的美食摊前，少华街蛙鱼，老堤北米线，凤岐把子肉，老翟板面……重新伴随一代人的成长。

青年的时光长久定格在雨润健康运动中心，网球馆、篮球场、桌球室、游泳池、健身房、瑜伽阁，像竹竿一样一节节珍藏着青春。青春还未散场，又在街角的咖啡馆邂逅一段邻家故事。

壮年的风光背后是柴米油盐，到雨润生鲜超市里购买生活，到洗衣店里淘洗心情，到社区医疗中心把脉时光。富足，安康，上足了拼搏的发条，活力在雨润健康运动中心二楼商务洽谈室内。

老年的月光没有孤独之影影绰绰，幸福 9 号里的营养、保健、理疗、护理、文娱。老年大学里的琴、棋、书、画。雨润食堂和棋牌室里的吃、喝、玩、乐。

它不只关注一老一小，而是围绕生命周期提供全业态的生活服务。

它不单纯地记录幸福指数，而是渗透了人生情感和成长历程的方方面面。

站在这条英伦风情街前，整个城市微观都浓缩眼前，任你的目光穿梭、传递，甚至轮回。这哪里是一条街，这分明是一座陆上威尼斯小镇。该有的都有了，该来的都来了，在楼盘尚未抵达前早已安营搭台，俏生生等待着满台唱腔。

站在这条英伦风情街前，一生时光在一瞬间快乐流转。这条街啊，你一眼望不到尽头，你望到头了又是一条荷兰风情街——它随着雨润开锣次第登场，同样带着全新服务走进千家万户。

哦，忘了，这条街有个别样的名字：邻里中心。

3.面前这座城

雨落西郊，润泽一城。

仿若是戏剧里的青衣，釉彩瓷器里的青花瓷，茶艺表演里的悬壶高冲，雨润在徐州，一亮相就博得了满堂彩。手一扬，就在徐州城布下了三个花篮子。淮海西路眉梢处是"提篮子"——雨润国际广场，淮海西路神龙摆尾处是"菜篮子"——雨润农副产品全球采购中心、"摇篮子"——雨润新城。

这是撒豆成兵的大手笔！

随着雨润的手势，那条淮海西路瞬间变成一条白练，串起三个花篮子，也串起了一路旖旎和繁华。

最大的受益者是中间的那个摇篮子。它左手拎着商业提篮子，右手拎着农业菜篮子，美滋滋地过上了富庶生活。它后来干脆把这两个篮子按"100∶1"的比例做成小篮子放进摇篮里——生活在"篮"中的人，足不出篮，遍享其利。

雨润新城人是幸福的，徐州城只有一家雨润冷鲜超市。是的，只"雨润专卖"这四个字就让人顿觉服气。这是雨润的拳头产品，货柜上的农副产品来自雨润的生产基地，来自庞大的雨润冷链物流网络，它们脆生生、水灵灵，还含着田野里的露珠，还弥散着农耕者的手掌温热……

在同侪频繁纠缠于"先有鸡还是先有蛋"的命题不可自拔时，雨润已华丽丽出手了。就以雨润"一手拉着农民、一手拉着市民"的冷鲜产业为杠杆，就以"雨润超市"为切入点，启动产业地产，启动生活地产。

产业带动，配套先行。这是一种颠覆式的全新理念，这是一种倒挂式的开发模式，也是雨润建城者的自信。

徐商公路的岔路口，是一排低矮的简易房。这是雨润新城的建设指挥部。偌大的英伦风情街和邻里中心，随便辟出一隅都可以作为指挥部。然而，雨润人却将其完美地留给西区人们。

雨幕低垂，却不妨碍雨润建城者的大思路和大手笔。

"占领西区发展桥头堡！"

"打造徐州升级版门户新地标！"

"将雨润新城建成徐州城市副中心！"

烟灰缸里插着不眠的烟蒂，茶杯里泡着不歇的浓茶，雨润人越想越兴奋，越干越有劲。建家，建城，建世界。以6万平米的邻里中心为核心，迅速拉开400万平米的雨润新城建设框架，迅速擂响江苏省重大项目、徐州市"三重一大"重点工程的隆隆战鼓。

人生的风景，往往因果敢而精彩。

让一个小区平地而起容易，然而，让一座城拔地而起谈何容易？有理念就足够了。有实力就足够了。何况还有看得见、摸得着的邻里中心。雨润人信心满满。仅配套建设就斥资2个亿，况新城乎？于是，徐州向西，雨润造城。于是，从无到有，横空出世。

高高的吊车在城西这片土地上站了整整一年。

它习惯于俯瞰一座城市的繁华与繁忙，却唯独忘却了脚下的风景。今天，它低下头，看到雄奇清亮的故黄河蜿蜒西来，在它的脚下轻轻打了个漩儿，白鹭的羽翅掠过水面，在这片"绿色的汪洋"里欢快地遨游。吊车会心一笑，带着成就感。一年来，它编织出一幢幢建筑绿网，也编织出一片片植被葳蕤。它对"容积率"委实没有多少概念，它只是按照"雨润良心地产"的指令，将每幢楼宇间撇出105米间距，让居住者推开窗就能独享城市绿肺，几乎每一扇窗户面对的都是一座私密花园——

榉树、女贞、乌桕、香樟、悬铃木……

月季、芍药、牡丹、芭蕉、薰衣草……

那些洋房、别墅、高层徜徉其间，占尽了自然意味！

鸟语花香，这是山居的自然。雕栏玉柱，这是城居的自然。炊烟袅袅，这是村居的自然。罗马假日，这是侨居的自然。有山林之气，有庙堂之高，有江湖之思，有异域之态，一座雨润城，独享四面自然。

先配套再开发，先绿化再建房，这不是乌托邦式的梦想，这是普罗旺斯的童话。

眼见为实。英伦风情街两侧，一排排"看得见"的花园洋房紧紧簇拥着邻里中心。购房者一楼接一楼地爬，一间接一间地品。雨润没有样板房。雨润只有实景房。这不是营销手段的新走势，这是"良心工程"的真实写照——房型、大小、质地、装修，无一不真实地矗立眼前，童叟无欺。

任谁走进这设计别致的实景房，都会目不暇接，赞不绝口。每一间房都是一幅优美的油画，线条，色泽，谋篇，布局，无一不是精心泼墨，无一不是从生活本真出发。说不出的精彩和诱惑。一楼有一楼的闹中取静，顶楼有顶楼的静中取

闹，洋房有洋房的开阔，高层有高层的开阔。从一楼到顶楼，
有世外桃源之感。从洋房到高层，又恍如隔世。站在邻里中心
看雨润新城，仿若在看一盆天然的大盆景，"人行图画里，鸟
度醉吟中"。久坐其间，唯有激动、感动、心动。

不再有人嘀咕"太远了"，不再有人嗟叹"出城了"。因了
这实景房，因了这满眼覆绿，因了这配套先行，一场搬家革命
悄无声息地"暴发"：学校、医院搬来了，工商、税务搬来了，
电信、邮政搬来了……雨润新城变成一座全业态城市综合体。

梦想终于照进现实，"城之西"成了"西之城"。

4.心里这番话

公元 1079 年，苏东坡别离徐州，远赴湖州履新。

这位内心柔软的诗人政治家，从徐州走了 3 天才仅抵达
安徽灵璧。就在那青桐翠柏的灵璧张氏园亭，他想起了"莴
叶光""落枣花""荞麦余春雪""樱桃落晚风"的古徐州，忍
不住借灵璧之文写徐土之好："余为彭城二年，乐其风土，将
去不忍，而彭城之父老，亦莫余厌也，将买田于泗水之上而
老焉。"

不知，苏徐州"夜来幽梦忽还乡"时，走进这酒店式公
寓、公寓式酒店，走进这茂林修竹、修竹茂林的徐州西城，是
否也会老夫聊发少年狂，按揭一套颐养天年？

酒香不怕巷子深。雨润一开盘，如同一坛好酒启了封，四
面八方的"饕客"闻香而动，连安徽萧县的"外乡人"也食指
大动——雨润新城一期业主中的 20% 来自萧县——离开徐州

60 年的萧县人，终于圆了"回家梦"！

雨润对西区"窗口、示范、辐射、带动"之利好可窥一斑。

从一条路，到一条街，再到一座城。从南洋管理，到西洋风格，再到淮海底色。从全城瞩目，到炙手可热，再到奔走呼号。雨润之热无疑昭示着一个真理：心藏福祉，方能大成。

"我们不是为了赚钱而卖房""我们渴望给徐州西郊镶上金色的城市配套""我们愿意用自己的双手将城西变成西城"……雨润人的心底珍藏着那么多血脉贲张。有此担当，不成都难。

古老的黄河水川流不息，悠长的徐商公路汉风猎猎。

5000 多年前，彭祖在这里建立了大彭氏国。2000 多年前，刘邦项羽在这里先后建立各自的集团王国。半个多世纪前，以这里为中心向西再向西直至蚌埠，打响了一场震惊中外的淮海战役……城西的热土，几千年前就雪藏着建城筑台的雄心壮志。

今天，古老焦土上终于播下了雨露甘霖的种子。这颗"产城融合"的种子，在市委、市政府的倾力倾情下，在泉山区委、区政府的保驾护航下，沾土即生，吮露萌芽，犹如热带雨林般疯长，长成碧玉妆成一树高，在美丽徐州的版图上，独成一道璀璨风景！

徐州：让过客凤凰涅槃

　　若没有彭祖，"徐州第一老鲜肉"的桂冠无疑要被法显老和尚摘走。

　　彭祖的名片上写满密密麻麻的蝇头小楷，主要头衔有——中国第一位职业厨师、中华武术文化鼻祖、中国最早的性学大师、中国第一位养生学家。而法显名片只寥寥10个大字——东晋高僧，旅行家，翻译家。在800岁的彭祖面前，86岁的法显好像只能叫"奔跑吧，小兄弟"。

　　然而，法显的出色不止于此。就拿旅行来说，他在65岁时才"说走就走"穿行亚洲大陆和南洋海路。再拿翻译来讲，他是以79岁的高龄投入这场艰苦卓绝的脑力运动。这份潇洒，在今天，绝对能称得上"王德顺"了。

　　法显游历20多个国家循海东归后，第一脚便印在了徐州。他在徐州按图勾画、叩石垦壤，建造了中国第一座具有印度建筑风格的寺院龙华寺——"又东南过彭城县东北，泗水西有龙华寺，是沙门释法显远出西域，浮海东还，持《龙华图》，首创此制，法流中夏，自法显始也"（郦道元《水经注·泗水篇》）。

法显到徐州既有"英雄用武"的满志，也有"英雄末路"的踌躇。乃时，佛教中心长安风雨飘摇，佛教重镇的徐州成了法显的"瞭望台"。

热情好客、人文厚重的徐州人，接纳了中国第一位"海归"——他的西行求法比玄奘西游早228年、比鉴真东渡早342年——没让他老人家成为中国第一"海待"。两任徐州刺史刘道怜、刘怀慎不仅隔三岔五带他去吃烧烤喝啤酒，还安排徐州银行给他提供无偿贷款，帮他在泗水畔弄了套印度风情河景房（寺院）。这种热情激励了法显，他在徐州住了"一冬一夏"，兴佛建寺，著作了中国第一部完整旅行记《天竺游记》，初译了佛经《贝叶经》。

历史有着惊人的相似。700年后，苏轼也来到了徐州，同样是"歧路徘徊"时抵达，同样是在此实现平生抱负，同样与徐人结下难以割舍的情义。徐州真是个好地方，让多少过客凤凰涅槃。

好吧。何日君再来，喊上法显、彭祖、苏轼，来30个羊腰、10个羊球，一起吃烧烤喝啤酒去！罪过，忘了出家人不啖荤腥不饮酒……

立体的徐州话

久居徐州，觉得徐州人说话其实也挺委婉的。

饭菜太咸，徐州人不说"齁死了"，而是来一句"打死卖盐的"。对方屡教不会或反应迟钝时，徐州人不嫌弃对方笨，而要说"你愁死我了"。对事情比较满意，不是"好"而是"才好"，"才，艸木之初也"，说明这事从一开始就令人满意；或者叫"办四（事）"，不是事情好，而是对方办得好。仔细咂摸，徐州人讲话很有艺术。

甚至，连爆粗口都很有艺术。骂人坏不直接说"坏"，而要说"真胎"。何为"胎"？母体内的幼体，器物的粗坯，这句粗口意思是对方未成人时就挺坏的了。再比如，对盛气凌人者要鄙视一句"圣人蛋"，大概因为圣贤孔子曾于徐州观洪授业，这个词由于雅俗结合的较有艺术性，而广传于苏鲁豫皖诸地。

金戈铁马的徐州，豪爽粗犷的徐州，几千年的徐州印象让人忽视了徐州人的含蓄，总以为徐州人讲话都是直不笼统。当然，今天的徐州依然是雄性的徐州，吃饭仍然叫"尅"，朋友有求仍必应一声"管"，打牌仍是往桌上一摔，吼一声"反"，干脆利索，霸气外露。

这就是徐州方言的魅力，无论委婉或直率，总要区别于他地。

别地儿说"太能了"，徐州话比能还能，说"太疯了"。

别地儿说"可好了"，徐州话比好还好，说"可赛了"。

别地儿称莽汉为"六叶子"，徐州话为"七叶子"，你看看，非得要多出一叶子。

徐州人觉得徐州话最接近普通话，"南蛮子、北侉子（山东话）、东卯子（海州话）、西啊子"，徐州东南西北的方言都不太正统，唯徐州方言最正宗。徐州话还有一种说法，"南蛮子，北侉子，中间夹个炼渣滓"，何为炼渣滓？冶钢炼铁过程中排出的铁渣，形容徐州话嘎嘣脆，最精练。也有一说"炼渣滓"为"楝咋子"，即苦楝树（练枣树）的果实，早些年徐州盛产这种树，"楝咋子"个头小，但硬邦邦，意指徐州话"小而得当"。

居一城，爱一地。这些年，混迹于"燕似地、真办四、撒白、散熊"的徐州话里，话里话外明明透露出很直爽，但仔细品来却又裹挟着含蓄和幽默。我觉得挺有意思。

当然，也闹过不少笑话。比如，徐州人把市第一人民医院称为"市里医院"，我一直理解为"市中心的医院"，忽一日在晚报上看到"市立医院"，方知自己会错意多年了。徐州话还有一句最吃力不讨好的——"你不用问了"，本意是包我身上了，但外地上常会错意，以为这事没戏了，于是打道回府，据说这个段子在徐州生意场比较流行。

外乡人融入这有意思的徐州话，总要闹出这样或那样的笑话吧。

小而有味新沂话

一部苏北版《乡村爱情故事》的微视频《八大碗》，让籍籍无名的新沂话突然间炙手可热。"睡揪地，摸老天""叨吃叨吃，都白（别）住筷""你望望欢都，一个个还有好欢吗"……那些嘎嘣脆的方言台词，没来由地就"新鲜"起来。甚至，袄磊、袄虎、袄钢板灯人名前的语气词"袄"字，也异常的火爆。连我5岁的儿子在家也学我，"爸，你刚才用新沂话是这样说的：袄硕，你白乱鼓拧（别乱动）。"

那些方言小语，说了几辈人，"只知其声、不识其字"。比如，没有人知道"袄"（音 ao）字怎么写？但在新沂，每个人的名字前没来由都多了一个"袄"字。小城新沂，端坐在方言区的边界线上，往北稍挪脚步就到了中原官话区的鲁南地界（临沂片），往东一转身就是江淮方言区（连云港片），能顶住强邻的方言熏陶独树一帜新沂话，不枉江苏"北大门"、徐州"东大门"之谓。

一方水土养一方人，也许因为主食是劲道的煎饼，新沂人咬肌较发达，吞吐的方言语调也"冲"味十足。同样一句话，别人是吴侬软语，到了新沂人嘴里天然地带有挑衅的意味。比如，祈使句和反问句习惯以"带喊"两个字结尾，"弄行带喊！""你怎么弄带喊？"，两词入句，话音儿便明显扯得生疼。

外乡人把这种拖着尾音儿的新沂话视为"拉魂腔"。新沂人也自嘲——这大抵因为新沂柳琴戏（又名拉魂腔）比较闻名吧。

新沂人的自嘲浸润在语言里，带着夸张，带着浓墨重彩，带着小地方的狡黠，生成许多趣味词汇。乱要像"毛葱"才叫乱，好要"绝门"才叫好，闲要"饬窟捯洞"才是闲，饿要"砍头扒心"才真饿。热要"滚突热"，水翻滚、烟囱突起，你说有多热？光要"赤精扒"，赤条条、精光、扒光，连用三个赤膊的词，足够剽悍、足够张力十足吧。

新沂方言也很有画面感。比如"转莲"（瓜子），向日葵成长的过程是面向太阳转动，它产下的子便是转动的莲蓬子，简称"转莲"，你看看，多有文化内涵。还有两组近义词。比如，"圆四"和"八下"，一个是围着圆心向四周去，一个是四面八方、南上北下去折腾，这比普通话里的"到处"是不是更有迹可循？再比如"候再"和"一耽（dǎn）"，一个是候一会儿再，一个是等（耽搁）一下，你说，还有比这更精准更独到的小词吗？

新沂话里，俯拾即是。

"讲究"不如"够味"——足够人情味，"傻"不如"璞"——璞玉一块，"洗"不如"摆"——在水里摆动，"故意"不如"得由意"——得由着自己心意来，"揪心"不如"悬挡"——车刹悬在两挡之间，你说揪心不？那些话简洁直白，不拖泥带水，不意犹未尽，夹杂着粗粝的泥土气息，偏偏又带着点文化底蕴，真不知道我们的老祖宗是怎么琢磨出来的。

每个方言里都有一个万能字，诸如河南话的"中"、东北话的"整"，"弄"字是新沂人的万能字。见面招呼"弄两杯（酒）"，病房探视进门就问"怎么弄的"，请人帮忙"弄两条烟"，吓唬人是"弄死你"，就连夸人都是"弄能带"。

你一定不知道"尘土飞扬"的新沂版成语叫"扑土杠烟"，你也一定不知道"脏"在新沂成语里叫"腌不溜脏"，"管"在新沂成语里叫"条管立希"，"囧"在新沂成语里叫"哪三四条"。哦，我可爱的新沂话，我该如何去咀嚼你？

新沂酒事说

　　小城新沂，自称江苏"正"北大门和徐州"直"东大门。东屏连云港、南邻宿迁、北拒山东郯城，西嘛，对峙"世界三大州"的邳州。在桃园酒、运河酒、古郯酒乃至兰陵美酒的环伺下，"闻着香喝点甜，一瓶只花块把钱"的新沂花厅白酒已早早趴下。遑论，还有"两沟一河"（汤沟、双沟、洋河）三大名钱近在咫尺，那真是大气也不敢出。

　　名宿面前不论剑，注定新沂酒高调不起来。

　　于是，新沂悄悄祭出"中国国家地理标志产品——窑湾绿豆烧"的大旗。你可能不相信，新沂人基本不喝这甜不甜辣不辣苦不苦的"绿豆烧"，"绿豆烧"是用来"吓唬"外乡人的：乖机子（方言，"乖乖"，俺新沂这酒后劲猛，喝半瓶糊天捣嘟（方言，"晕"），喝一瓶脑子都能喝海（方言，"废了"）。

久之，吹出了名堂，绿豆烧反倒成了馈赠嘉宾的面儿酒。

新沂人喝酒，不挑酒、不挑时、不挑地儿。

只要不是绿豆烧，市面上百元以内的酒，见啥喝啥。迎驾，四特，老村长，小村外，牛栏山……倒真的一点地缘特色都没有。新沂人喜欢喝"两掺"，雪碧掺白酒，红酒掺白酒，白酒掺白酒，酒量不高，酒胆不小。多年前曾流行过一阵子米酒，家家户户用炉子架铁锅，一桶米酒，一块姜切片，煨热后端上桌——当稀饭喝。

新沂人喝酒也不挑时儿，一天三酒大有人在，睡前怼半瓶，起床怼两杯，午后3点也可以"开轩把酒"。尤其是一咬清子（方言，早晨），一碗豆脑，两盘小菜，一次性塑料杯满上酒，就是最好的早点。用新沂话说，"早点，早点，早上不得点一点（酒）嘛"。

喝酒地儿那更不用问了，豆脑摊前，大排档里，屋山头后，村头树下，都能金戈铁马杀将起来。酒菜摆在椅子上，人委顿在小凳子上，可以喝。酒菜置于田间地头，席地而坐，可以喝。撑着一把伞，蹲在雨中，依然可以喝。畅饮暮达旦，此中日月胜万千。

新沂人尝自谦为"我们新沂是小地方"，小地方有小地方的规矩。

新沂不兴领酒，兴罚酒。罚酒在新沂是变相派酒，"派"给你的酒，类似于"劝"酒，但比劝酒更让人不好拒绝，派给你的任务怎么能不干呢？

来晚了，罚酒。说错话了，罚酒。喝少了，罚酒。夹错菜了，罚酒。好好的喝酒变成了"逮"酒，新沂人乐此不疲，外乡人叫苦不迭。当然若遇到价格高昂的好酒，也有人主动被"逮"自愿认罚：兄呆我来晚了，先自抠两碗！

新沂喝酒不"拎壶冲"，觯觞瓢觥统统靠边站，在新沂喝酒，要用"碗"。那种老式粗陶小黑碗喝酒，颇有梁山遗风。碗酒敬吾兄，又浮一大白。用碗喝酒，倒酒不叫倒酒，叫"写"酒。"写"本蘸笔挥毫，新沂人一张嘴"今天谁都别想跑，全把酒写满！"，金樽清酒斗十千，诗情画意瞬间全散……

怎么说也近齐鲁地儿，酒文化还是多少有点的吧。新沂人酒桌敬酒喜欢"迎来送往"，离座敬酒时，被敬者要上前"迎迎"，厮杀完，还要再往回"送送"。一来二去，三碗酒入怀，感情当场升温，便逸兴遄飞起来，满桌"俺哥""俺弟"唤个不停，亲兄弟一样亲热得不行。"俺哥，我迎迎你""俺弟，我送送你"。

新沂方言里有个词叫"吃热"，意思是吃着吃着就熟络热乎起来。当然，这词离开酒桌就沦为贬义词了，俩人吵架，第三人无故加入，就会被骂作"吃热"（瞎掺和），用徐州话翻译就是：离你哪来。

新沂人好酒，然酒风实在不彪悍。在"丰县喝倒、沛县喝跑"等徐州同侪面前，犹显得捉襟见肘。白起了个"二斤"的好名字：新（斤）沂（斤）。

凤鸣海，深度的风景

这里距离大海，最近处也只有 160 公里。然而，她却如大海般清澈澄蓝，铺在苍茫高古的督公湖畔，铺在苍翠葳蕤的大洞山下，独自书写成空灵辽阔的大海。

京杭运河为梯、京沪高铁为柱、206 国道为栏、310 国道为檐，便在古城贾汪筑起一座阅遍人间无数的眺望台。有风徐来，斜依台上，一幅幅舒缓风景次第打开。

1

这里真叫"海"，贾汪凤鸣海。

陆地上的海，若非状如海天仙境，必是物以稀为贵。凤鸣海形色兼备，是各色海洋荟萃的奇珍之作。

她是一片露海。

从大洞山鸟瞰凤鸣海，犹如一滴滴露水从山麓层层滚落，滚入这400亩的山谷中，汇聚成一滴晶莹的大露珠。

这颗露珠太大了，大到很长一段时间她被称为"溥"。凤鸣溥，露水汇聚成的磅礴水域，成为一种不可抵挡的召唤，如凤眼一样婉转，如露珠一样剔透，那应是凤凰的泪珠哟！

有凤来仪，遗珠成溥。

不知是谁先看到了这水汪汪的凤泪，或许是那位"第一田园诗人"王维，或许是那位"楷书四大家"的赵孟頫，也或许是大洞山上的无名樵夫，他透过密林，顺着泉水叮咚的方向，看到了这清漾的凤鸣溥。

后世的人，都想来看这"凤鸣溥"。那是在山谷和石头间，一块浑然天成的湖泊。他们叫她凤鸣湖。越来越多的人临湖而居，许多年过去了，湖水依然湛蓝如初、清澈见底，洗濯了美。他们惊喜改口为凤鸣海。

接下来是人工的精雕习作了，两座大桥卧水出岫，五个亲水平台水乳接驳，700米木栈道迤逦入水……花木掩翠，山水绿溥，哪里还是一滴露珠，早已漾成一片露海。

她是一片石海。

峨冠博带的群羊坡不再是泉山的松林石群，也不再是云龙山的满冈乱石，今天的凤鸣海景区一样山石涌动，一样不咔不咻。那古朴粗粝苍茫的秦石汉垒，在凤鸣海掩饰不住的亮丽。

那些石，天然连成一体，依山傍水，或者干脆搁浅在水中，泉水绕膝而过，穿膛而过，萦怀而过，跬步成台、成阶、成林。她似从水中长出，又像是从山麓跌落，那久经风雨雕琢的石头，或嶙峋，或平坦，在阳光下如水面般时而平湖秋月、时而跌宕起伏、时而波澜壮阔，这也是一片海！

她有形状的。无须牵强附会，亦有千姿百态。横卧者形似卧佛，蜷缩者恍如绵羊，奔腾者状若骏马，跳跃者慌择成玉兔……像是凤凰翩跹时散落在山水间的一片片羽毛，羽化成一块块斑驳化石。

一块形似凤凰的巨石从石海中起身，它抖落历史和红尘，以 548 吨的体重昂首挺胸、振翅欲飞。也许它睡得太久了，也许它站得太急了，它站起时有风来剪影，清脆嘹亮地发出串串凤鸣，引来无数目光。上海大世界吉尼斯的目光落在了凤鸣石上——它被命名为中国最大的园林景观石。著名书法家的目光落在了凤鸣石上——萨都剌的那首《木兰花慢·彭城怀古》终于有了最熨帖的腾挪处……

她是一片花海。

那些花从高到低、由南到北，不声不响地夹岸占坡、吐蕊松瓣，悄无声息地将凤鸣海织成一片片花海。

最先看到的那片海是百花园，紫薇、杜鹃、迎春、樱花、海棠，满天星、虞美人、百日草、矢车菊……怎么看，她都是一个乡间质朴的花圃。160 亩的泥壤上没有麦子玉米和水稻，没有西瓜萝卜和白菜，最好的雨露和阳光给了这块花圃，她允露迎风，摇曳生姿，说不出的绚烂壮观。

穿过百花园，映入眼帘的是一片紫色的花海。普罗旺斯的童话，薰衣草的芬芳，以及荷叶何田田的荡漾——是呀，那些花多像是一蓬蓬荷花，一根根细长的花茎捧着一簇簇紫色小花，浮萍一样悠然在凤鸣海之上。那是月神黛安娜的圣草——马鞭草，那是凤鸣海的马鞭草风车园。

又一片桃花的海洋，那是凤鸣海的桃花坞。

又一片石榴的海洋，那是凤鸣海的石榴园。

又一片瓜果梨枣的海洋，那是凤鸣海的半山生态农场。

……

南面的凤鸣台上绽放着一簇簇福禄考，或粉黛，或鹅黄，或肌雪；或吐蕊，或含苞，或成簇；叠嶂之美，沁脾之美，交辉之美；在景区的最高处，独领风骚。

2

秦皇的泗水周鼎、秦石成梁不在这里。汉祖的龙雾桥、泗水亭不在这里。吴楚的风、汉唐的月也不在这里了。

于是，凤鸣海只有凤凰的仪采喽。

凤态鸾姿，这是来凤桥的仪采。穿舞在银锭铁槔间的384只凤凰，犹如卢沟桥的石狮，犹如荆山桥的水龙，为中国桥梁史上再添一段奇谈趣话。

凤凰于飞，这是来凤亭的仪采。那只翩跹而去的凤凰早已化身成这座亭，日夜守在凤鸣海的最高处。

凤鸣朝阳，这是凤鸣石的仪采。屹立在景区的门庭前，屹立在贾汪城的东大门，屹立在徐州城的东大门，朝阳每从肩上过，烟霞但在眉间飞，一块石头便成为一道风景。

凤毛济美，这是凤鸣谷的仪采。5亿万年前沉淀下来的奇石景观，让今天的凤鸣海尝到了"继承财富"的甜头。地质学家和历史学家看到了其中的玄妙，于是欣然命名——凤鸣谷。

凤歌鸾舞，这是凤鸣台的仪采，这是凤鸣谷的仪采，这是凤鸣林的仪采，这是凤鸣海的仪采……总有说不尽的传说，那"99顶凤凰山"的传说悦了多少席间者，听得多了，大家都说：第100只凤凰一定留在了凤鸣海，这里的一花一木、一石一水，无不有着凤凰的风韵。

果真只有凤没有龙吗？千古龙飞地的徐州岂能没有龙？

那也是一段传说。一条盘踞在凤鸣海内的白龙，得碧霞仙子襄助而修行成仙，成仙后放下龙身，化成一条长长的龙骨，东西横卧在凤鸣海畔，长1500米，宽12米。历经岁月平抚，便岩化为今天的"卧龙坡"。在几千年的地质地貌嬗变中，岩石与泥壤要经过无数次对话才能成就今天的模样。如果没有这段传说，这卧龙坡仍能与龙暧昧不清，不信，且听当地人说——"顺着龙骨走，能活九十九"。

大龙之湾是那条叫凤鸣谷的小龙，长600米、宽100米，几千年过去了，仍紧紧戍卫在凤鸣泉边——这是盘踞之龙，这是忠义之龙。

景区西南侧是一架8.4米长的双座单引擎教练机，这架飞机培训出130余名优秀飞行员、数十名师团级空军指挥员——这是盘旋之龙，这是英雄之龙。

那座山叫闫山吧。她挨着凤鸣湖，将那些生态和低碳、宁静和安逸、自然和人文，一一淘洗，水墨画般泼墨出一处龙泉生态庄园，一间间亮泽的生态木屋如同鳞片一样镶嵌在山麓上，一垒垒古色古香的建筑勾勒成龙纹——这是盘亘之龙，这是悠然之龙。

龙泉广场，龙泉湖，金龙潭（金水湖），龙山大酒店……一段段龙的传说，一处处龙的遗珠，给这凤泽之地增添了无数向往之慨。

有了凤，也有了龙，便有了这景区的龙凤呈祥。

漫山遍野的石头上被书法家们篆刻了铭文图案、书写了优美书法，龙飞凤舞，文图并茂，给古朴的奇石增添了厚重的历史色彩。

贾汪区文联也在这龙翔凤翥之地撷取一片园林，将历代篆刻风格交给了那些奇石，交给了这片篆刻园。这是凤鸣海的文化之魂，那些雕栏玉柱，被一把把游龙般的刻刀腾挪千年，眉批着先秦两汉，身衔着隋唐宋元，脚赋着明清民国以及近现代——琳琅满目！

一个"粗心"的画匠不小心在苍龙眉间弯刀一点，于是蛟龙腾渊，带起整片凤鸣海的水泽，那水，打湿了杏花春雨，打湿了金戈铁马，打湿了南秀北雄的古徐州形胜……

全国航空模型公开赛、徐州首届风筝节、贾汪区第三届传统项目运动会、凤鸣海环湖长跑赛……长风浩荡，千帆竞渡，今天，那些龙腾健儿蜂拥而来，如一条条飞龙在凤鸣海的臂弯里尽情地翱翔。

3

水脉，是凤鸣海的生命之源。

要感谢这座处处泉涌的泉城，一汪玉壶大的泉眼就能溢出一片10平方公里的凤鸣海风景区。

那是4000年的凤鸣泉！那是"天下分九州""新石会青铜"的遥远夏朝，凤鸣泉从地下石灰岩溶洞悄悄涌出，锥、锛、凿、镰、戈从身边走过，路、道、途、畛、径从身边走过，小小的凤鸣泉不为所动，一心一意清醇甘洌地涌动着，一涌就是4000年。

平地涌出白玉壶，万斛珠玑尽倒飞。这泉仿若是大河之源，蜿蜒出一处处珍珠潭，凤鸣湖、金水湖、龙泉湖、闫山公园人工湖……错落在凤鸣海风景区，润泽着这片古老而年轻的煤城。

这里原来没有水的。

兵燹，掘煤，干涸，贫瘠，以及资源枯竭型名片的烙印，这方泉水一寸寸跌落，坚硬的石头和干枯的煤渣统领了这片区域。那是一段不堪回首的黎明前的黯淡。

终于，等来了凤凰涅槃、浴火重生。

一条"活水"来！那条同样坎坷沉浮的京杭大运河，无法忘记苏鲁交界处的凤凰湾，她挥一挥水袖，便让一条水龙伏贯督公湖、十里花溪、焦庄小流域引入凤鸣湖，再经锦凤溪水系、玉龙湾水系流入凤凰泉……从此，凤鸣海成了徐州东郊整条水系的枢纽！这是何等的荣耀，这又是何等的仓促，凤鸣海激动泪泣，泪珠落下一个个玉盘：凤鸣海风景区、督公湖风景区、小南湖风景区……

时光浩荡，岁月静美。

凤鸣海原来只是凤鸣溥啊，凤鸣溥原来只是凤鸣湖啊，凤鸣湖原来只是凤鸣泉啊。从泉到湖到溥再到海，足以管窥一座城市的转型升级。

水域冲关，水上攀岩，水中漂流……一处水上游乐场就提升了所有幸福指数。三三两两农耕的村邻扛着锄头走过，他们都说这里以前水草不生，石头缝里刨不出一点绿意。

蒙古包餐饮区，汽车露营地，农家乐篝火，凤鸣渔村，龙山大酒店……一处处旅游设施赢来了水乡华章。三三两两的驴友骑着单车走过，他们都说这里以前人烟稀少，山峪中长满了枯草和野果树。

他们今天说啊，凤鸣海风景区的意义已不仅是一处景区！

一棵苹果树的前世今生

黄河两岸的时间，从来都是整块计算。

大清早、半清饭儿、晌午顶、半晌午饭儿、挨摸黑，这就是一天。

黑来、小半夜、三星正南、半夜、大半夜、鸡叫、太阳露，这就是一夜。

昼夜交替，于一棵苹果树，是独面轮回的考量。它独立黄河在徐州的第一脚，看河水没日没夜地暴戾奔流。

1851 年的夏天，它终结了这单调的风景——黄河突然失控，浊浪肆流，瞬间将它淹没。

洪水退后，它吊诡地发现，一条河变成了两条河。那一条搁浅在丰睢平原，这一条停滞在丰沛大地。而它，跌落在两条河的岔口，看漩涡淤泥在它的脚下越积越多。终于，泥沙吞没了它的躯干。

许久许久之后，一群操着南方口音的知青发现了"它"，它在泥壤中像是一块不死的化石。

一个戴着眼镜的中年男人异常惊喜：这里果然生长过苹果树，看来我们的思路没有问题。风沙猎猎呼啸，男人的声音断断续续。

它吃力地打量着"新世界"——河道干涸，黄沙无垠，沙丘起伏，凄寂荒凉。一间间茅草屋在黄风飞卷中低垂着屋檐，沙粒刷刷地敲打着篱笆，一面面红旗上书写着"誓死沙滩变果园""支援农业第一线，苦战大沙河"。十几个眼肿唇裂的中年人围在一起叩沙垦壤。

在这块不毛沙地种苹果？他们疯了吗？它看这群人，早已过了冲动的年龄。它看见他们在沙丘中庄重地砸下一块地桩：1958年春，丰县大沙河。原来自己睡了整整一个世纪。

接下来，让它不可思议的事情发生了。他们将它重新埋在了泥沙中，在它的躯干上削开一刀刀口子，嵌入一截截绿枝的嫩芽，再裹上一层层塑料膜。很快，一棵棵苹果树在它的身边排成行，它们不声不响地占领了这片被称为"黄河故道"的大沙河沙滩。很快，夏天的阳光映过沙滩散落在这片试验田上，它和果树们娇羞地撑起一把把圆圆的绿伞，试图"阻挡"一波波欣赏、赞许、吹捧的声响。

没有用的。

一面"农业战线社会主义红旗"蹚过长江和黄河，插在了它的面前。

一群更年轻的面孔，带着青春的激动和眩晕，坐着马车来到了它的面前。

它，成为标兵和榜样，将被复制到整条大沙河畔——哪里还有河水？

100多年的覆盖，除了黄沙还是黄沙。这群从未"担水提篮"的稚嫩知青，拿着一张蓝图根植在十年九旱、寸粮不生的荒滩，手植绿林。

那是一棵棵同样稚嫩的苹果树苗，它们"经不起风浪"，在黄河故道上根本站不住脚。

一桩桩"可怕"的事情发生了——

没有土，他们赶着马车到100里外的安徽砀山买淤土，"拉淤压沙"。

没有泥，他们砸碎大沙河厚厚的冻土，深挖埋藏在河床下的胶泥，"翻泥覆根"。

没有水，他们用人工接力的办法，顺着黄河故道的水脉打井数十眼，"凿沙探水"。

没有渠，他们荷锸果园，"路挖大沟、园挖中沟、行挖小沟"，每人每天10方土，"开沟灌水"。

没有肥，他们箕畚荷蓧沿着大沙河拾捡羊粪蛋，用草帽，用手帕，用围巾，用杈头，用口袋……用最原始的方式为果树攒肥。

它的眼睛有点湿润了。

它想帮帮他们，它带领这片果树奋力结出一颗颗苹果。知青们太珍惜这来之不易的果实，他们分组在苹果地里巡逻，黄沙，黑夜，寒冷，寂寞，"鸡鸣三县"的混乱，一层层包围着这群"城里来的农村人"……

果熟蒂落。它被期待咬了一口，却没有想象中那么甘甜。

它难过地看着他们流下不解的泪水。

黄河注入黄海。一拨拨专家来了又走。

"这里的苹果品种老化混杂，果品质量不行。"

"乔化稀植，果品产量低，果树没有矮化。"

"黄河故道是苹果适宜区，这种论断是完全误导。"

……

它看着他们为此苦恼了几个冬季。他们揪心地坐在它的面前，陷入无边的沉思中。西去的夕阳沿着衰草枯杨的光影，沿着淤积裸露的黄河故道，沿着"江苏的西伯利亚"，萧萧坠落。

黄河在徐州，最糟糕的一笔，最狼狈的一笔，最精彩的一笔，都从这里开始。它坚信峥嵘到极致就是万物欢喜。

又一个春天复苏，黄河故道的淤冰溶解了那些苦闷。他们兴高采烈地从山东果树研究所"求来了"三根红富士果树枝条。它勇敢地裸露出胸怀，让他们在它的身上反复破口嫁接、试验、失败、再试验，终于，它的枝丫上结出了一颗颗甘甜的红富士苹果。

又是几个年头过去了，它已有点力不从心。

它看到他们一直在奔走，在沉思，在试验，在革新。

把日本红富上枝条嫁接在本地的海棠上……

与南京农业大学联合进行引种试栽富士苹果……

高接换种美国红星苹果……

到日本进修考察果树先进技术……

采用滴水灌溉果树技术……

金帅，红帅，元帅。皮香水足、生津止渴、润肺提神。好管理，好采收，易丰产。"中华名果""中国红富士苹果之乡""中华果都"……它眼花缭乱。

它老了，年迈不堪。

它昏昏欲睡，轰隆隆的挖掘机将它的眼眸唤醒。一条"黄河故道综合开发中泓贯通工程"的横幅悬挂在它的身旁……大沙河终于迎来汩汩清渠。水声哗哗，它彻底惊醒了。

它看到自己身上，不知何时被披上一条"苹果王"的袖带。那袖带，如一条奔腾而下的河流，流过黄河故道，流过黄沙弥漫，流过软软绿草，流过它漫长而惊骇的一生。

它直起腰，静静打量着"陌生的"新山河。脚下是葳蕤成林的苹果、梨、葡萄，果树行间是茂密的大豆、花生、红芋，大沙河里是接驳的湿地、芦苇、蒲草、荷叶，黄河故道上是成群的白鹭、灰鹭、野鸭……

原谅它，已老泪纵横。

中国有个马庄

中国有个马庄。

2017 年 12 月 12 日，小雪初霁方晴好。中国徐州马庄村头响起一串不寻常的脚步声，一个用脚步丈量过一段中国历史的伟人，将十九大后首次地方调研的脚印从容而坚定地踏在这片土地上。使这座发肇于战国、兴盛于北宋的千年古村落格外耀眼。

自兹，人们惊奇地发现，昔日的"采煤小村"已走出一条"马庄之路"，成功成为"徐州之窗""江苏之眼"。

壮美画卷，次第打开。前来取经者络绎不绝，前来观光者伛偻提携。

1

贾汪真旺，马庄真美。

马庄美，美在水。五省通衢的舟楫之利，浸润着这片土地深厚蓬勃的历史底蕴。雄伟的京杭大运河日夜奔流，川流不息的金马河、虎虎生威的屯头河伏贯而过，让马庄天生一股子金戈铁马之声。激越壮怀的潘安湖，让马庄出门便有"东临碣石、以观沧海"的豪迈。俯瞰近览间，青山叠翠，绿水潋滟，岸芷汀兰，河湖连通润彭城，因了这一泓泓清流韵律，美丽马庄成为"一城煤灰半城土"到"一城青山半城湖"生态蝶变的最佳注脚。

马庄美，美在物。楚风汉韵的水系孕育了这片土地的物博充盈，矿藏水能蕴藏丰富、土地肥沃水草丰茂、森林密布植被良好、飞禽走兽种类繁多。桃、李、杏、梨，榴、葡、樱、楂等花繁果丰，白鹭、鸥鸟、画眉翩然而来。香包、虎头鞋、面灯、螺鲋鱼、土制老咸菜、马氏香油、马大嫂煎饼等地方特色产品享誉中外。

马庄美，美在人。那位"掷果盈车"的中国古代第一美男子潘安在这里临湖而居，留下逾千年而不老的魏晋风流。今天的马庄汉子人人赛"潘安"。他们含着潘安人的气力，吹着苏北第一管乐、唱着《马庄之歌》，天然带着超拔和雄浑。他们将用16万棵池杉等绿植将纵横阡陌的采煤塌陷地改造成5000公顷的湿地……古老深厚的文化底蕴，培育了马庄人民勤劳质朴、诚实守信的性格和结交四海、广纳百川的胸襟。

马庄美，美在自然景观与人文景观交相辉映，美在多元文化与乡村振兴珠联璧合，美在现代文明与传统气息相互交融。

2

精神文明是马庄发展的动力源，这是马庄人在一次次的凤凰涅槃中找到的法宝。

在马庄，最动容的色彩是国旗的颜色，"马庄升旗仪式"坚持了好多年。踵事增华，周末舞会、夏凉晚会、秋运动会、篝火晚会、马庄村晚、元宵灯会……全村2700多人，近八成有过参演经历。要上一起上，要唱一起唱，精神文明在马庄从来都是"大家共同的事"。

这是马庄的文化引领。

马庄有三宝，最好婆姨好。全村550余人次获得过好媳妇、好婆婆、好妯娌等称号，星级文明户达80%以上。马庄人用"十星级文明户""家庭档案""村规民约"醇养了马庄的淳朴乡风，以至于出现30年路不拾遗。

这是马庄的风尚引领。

从未见到过这样的标杆，老支书孟庆喜的妻子干了15年村公共厕所保洁员，直至年龄大了干不动。从未见过这样的党员，全体党员带头参与设施维护、河道管护、绿化养护、垃圾收运、治安巡逻等志愿劳动，几十年从未间断。30年来，马庄学雷锋服务队每年活动不少于50次，"双学双比"活动从未间断，民兵营"八队一兵"活动叫响全国。

这是马庄的标杆引领。

遍地花开、遍地风流！腐朽落后文化彻底失去了生存的土壤。精神文明成了马庄村的底蕴。无刑事案件，无重大治安案件，无封建迷信活动，无不孝顺老人，无婚丧嫁娶大操大办现象，"六无"现象渐成马庄品牌。

马庄用自己的"宏大叙事"打响了"马庄精神"。无远弗届，"马庄之歌""马庄之声""马庄之舞""马庄之会""马庄之星"……马庄品牌之塔越堆越高。

2005—2017 年，马庄连续五届获"全国文明村"称号。

2018 年，江苏全省学"马庄经验"。

3

"为生产加分，为发展减负"，这是马庄党建的初衷。

"红色引擎"带动"绿色发展"，这是马庄党建的实践结晶。

说不尽的党建亮点，"红马庄"当之无愧！甚至，有些党建工作走在了全省乃至全国前列，远远超出了一个村落的范畴。

"六个坚持"工作法、"一强三带"工作法、"三个带动"学习法……30 年来，"红马庄"党建在实践中完善、在发展中进取、在引领中前进，始终奋楫扬帆、勇立潮头，不仅引领马庄在乡镇振兴的浩瀚中率先"甲板起飞"，且极大地发挥了窗口、示范、辐射、带动作用，仅 2018 年全国各地学马庄党建者已逾 30 万人。

让人侧目的还有马庄频仍的自选动作。党员积分制管理、流动党员管理、党代表工作室、远程教育站点、国旗下的党课、党员联系户、党员名嘴讲坛、挂牌亮户先锋行、点对点帮扶……党风正、民风淳、人心齐渐成蔚然，连续四届村委会换届选举成功实现"一票直选"。

治大国若烹小鲜，在党建引领下，马庄"小村大治"为鲜红的党旗增色添彩。

每月1日党委会、13日党小组会、15日党员大会（党员活动日），30年一以贯之。

《议会制》《党员联系户工作制度》等21项150条规章制度，30年一脉相承。

"小人大""小政协"等村"两会"组织，30年一锤定音。

崇德方遵德、向上才向善，30年来，"红马庄"小矛盾不出联系户、大矛盾不出村民小组、大纠纷和疑难矛盾不出村，成为徐州党建示范的一面红旗。

4

改革开放的30年，是马庄最好的30年。

30年来，马庄在潘安湖畔昼夜都在打捞自己充盈的身影——它惊喜地发现，"脑袋富起来"了，"口袋鼓起来"了。

这是急管繁弦的30年，一幢幢新楼房拔地而起、一间间新厂房春笋而出、一个个"新富翁"绚丽而生……乡村振兴的新组卷、新图景、新气象演绎成连绵的精彩与奇崛。小小的马庄，以30年之高歌猛进，书写一曲又一曲弦歌不辍。

这是邀雨成韵的30年，敢教日月换新天的马庄人在这彤彤热土走出一串无比厚重的发展履痕：1978—2000 年，改、扩、新建村办集体企业 18 个，年创收最高达 700 万元；2001—2004 年，产能转换招引新型企业 15 家；2006—2008 年，连下 10 个乡村旅游项目；2017 年，马庄村实现总产值超亿元，人均年收入 18600 元；2018 年，马庄仅文旅单项收入便突破 3000 万元。

这是披翠成碧的 30 年，30 年来，马庄先后荣膺国家级称号 40 余项、省级荣誉 59 项、市级荣誉 122 项、区级荣誉称号 183 项，数十次引来《人民日报》、中央电视台等国家级新闻媒体的关注目光……荣誉纷沓而至，唯有日夜奔流的金马河同频共振着这段荣光。

"中国小康示范村"的荣誉称号，是对马庄 30 年最好的肯定。

而今，这里朝气蓬勃，繁丰的文化活动让日子幸福满溢；这里干劲十足，村民在家门口端上了金饭碗……马庄人以遒劲的腕力，在穆桂英的古战马场上为自己刻下 28 字总结——

一马当先的勇气！

跃马扬鞭的速度！

马不停蹄的毅力！

马到成功的效率！

5

因了 95% 覆盖率的绿植，徜徉马庄如同置身于巨型盆景中。

因了万人空巷的神农祭祀，穿梭马庄如同穿越回恢宏的农耕时代。

战鼓、仪仗、五谷、汉服、帛书、香火……每年仲秋，马庄的神农雕像下、神农广场上，便会如期上演这场春华秋实的神农祭祀大典。没有朝圣者的顶礼膜拜，没有神邸者的故弄玄虚，有的只是追思华夏先祖的肃穆庄严，有的只是舞龙、狮舞、旱船、跑驴、花棍、腰鼓的热闹，民俗如酡红般久久弥漫在神农广场，弥漫在马庄民俗文化广场，弥漫在马庄民俗文化博物馆……

遥远的农耕文明，如猎猎汉风流淌在马庄人的血管里，衣食住行无不带着浓厚的民俗色彩。

春节、清明、端午、中秋、重阳、腊八、冬至等所有节庆一网打尽。

敬祖、拜寿、相亲、婚礼、丧葬、爬山等民俗重典从未间断。

快板、大鼓书、对山歌、三句半、皮影戏等民俗形式薪火相传。

摸泥鳅、背新娘、挑扁担、斗蟋蟀、跑旱船、踩高跷、缝香包等民俗活动精彩连连。

庙会、集场、展览、小吃、民歌、民谣等民俗文化枝繁叶茂。

马庄人喜欢听那粗犷的民歌民谣，喜欢讲那古朴的民俚民谚，喜欢闻那淡雅的中药香包，喜欢拎那质朴的元宵面灯。以至于马庄的游子走了很远很远，还是慷慨解囊回马庄创下中国婚礼博物馆——他忘不掉岁月深处那一场场洗尘交拜、同牢合卺、盟约执手的民俗婚礼场景。

1999年近在昨天，却已是20年前。20年前的马庄，因为对传统民俗文化的卓越贡献便已夺得"中国民俗文化村"金字招牌。

20年后，马庄80岁的非物质文化遗产传承人王秀英老人，因习近平总书记那句"捧捧场"成为新晋"网红"。一个人，便是一道风景。

6

来马庄旅游的人，总要驻足在马庄文化礼堂前剪影，总要走到神农码头前听听涛声，总要晒一晒"打卡"朋友圈。这是马庄的"网红打卡地"，来过的人，总有一种餍足。

当然，资深驴友会在早中晚三个时段，袖手阔步于马庄村落内，听一听有60年历史的"金马之声"广播，尤其要侧耳锁目听一曲《马庄之歌》，方有"打马而过"的真实存在感。

打马而过者不知，在此之前，马庄旅游只是"踩在煤上"的工业旅游。"把矿井关了，咱换个活法"，质朴务实的马庄人集中流转土地1000余亩，组建文化旅游发展公司……大幕廓然拉开。

水激则悍、矢激则远。"七上八下"的马庄人，以朴素的笔触将村落辑成"七区八景"。在文创产业区、文旅休闲区、村落集聚区、中草药种植区、农趣体验区、田园慢养区、婚庆艺术区"七区"里，明珠般镶嵌着金马奔腾雕、金鼓迎八方雕、江山如画石、神农氏雕、神农广场、民俗文化广场、潘安婚礼小镇、两汉采摘园"八景"。乃至旧时的器具、民俗的物什、乡村的逸事都被装点成旅游景胜。

末了，将坑坑洼洼的采煤塌陷地打造成4A级潘安湖湿地，临湖而居划出一个神农码头，将潘安湖的游客源源不绝从"船上"接到"庄上"。除了规划出3条旅游路线，更是分蘗出快艇水面游、乡村美食游、民宿体验游、文化交流游、生活实践游等旅游项目。

尽锐而出，势必锐不可当。旅游，成为马庄新的经济引爆点。近两年，马庄年均接待游客100万人次，旅游业产值达3100万元。

7

马庄不是吹出来的，马庄是"吹"出来的。

1988年秋，马庄村投资3万元建起了苏北第一支农民铜管乐团。30年来，马庄乐团蜚声中外，先后到厂矿机关、部队院校和农村各地演出近1万场次。"过江进京，漂洋过海"，先后多次"吹"到中央电视台，甚至"吹"出国门近50次，先后斩获久里节亚诺瓦国际音乐节大奖、意大利国际音乐节银奖、"咿呀飒飒"集体舞"结大奖"等多项大奖。乐团"吹"出了高雅的情调，"吹"出了昂扬的精神，"吹"出了团结的力量，"吹"出了胜利的信心。

回首30年前，在一片质疑和揶揄中，马庄人放下农耕的锄头和镰刀，笨拙地拿起萨克斯、电贝斯、架子鼓、黑管、圆号、长笛，茫然地从气流、口型、指法、把位、声调学起，那是何等的勇气！何其的坚定！

今天，马庄乐团已成为马庄最光鲜的名片。

功不唐捐。

马庄的第二张名片是香包。

在马庄，香包已壮大成产业。1000多名香包制作者端坐案前，裁剪、装料、合半、沿边、上穗、包装，端庄而高雅。纤手翻飞间，茉莉、艾草、豆蔻、佛手、丁香、冰片、藿香、辛夷等中草药变成福、禄、寿、喜、财、吉等100余种香包。

马庄香包经过王秀英革新改造，被确定为国家级非物质文化遗产项目徐州香包的代表作品。经过香包客栈、香包合作社、香包传习所、香包文化大院、香包文创综合体、香包电商平台等包装，香飘万里，远销国内各地及海外十多个国家和地区，年均销售数量在20万件以上，产值超过2000万元。

最是真香能致远。到马庄者，带不走这里的潘安湖、博物馆和婚礼小镇，能带走的好像只有这小小的香包。

历史一面镜，叶落知春秋。

今天的马庄，以京杭运河为梯、京沪高铁为柱、不老河为栏、潘安湖为檐，以其激越与壮美的生动实践，构筑一方游弋中国的眺望台，快速成长为贾汪的招牌、徐州的品牌、江苏的名牌，确让人感奋欣喜。

马庄怎么样，马庄人怎么样，你且开卷细细品。

一年走了徐州 216 个景点

一日不可能走遍长安。但，一年足以阅读一座城。

儿子 5 岁生日时，我决定送他这一生日礼物：用一年时间，走遍徐州，认识徐州。

一个人，对生于斯养于斯的城市没有留下足够的足迹，遑论热爱？热爱，应从一点一滴培养起来。比如我这个异乡人，自 2003 年来徐州求学，整整 15 年的光阴，才将这座城由"陌生"变为"不陌生"。其间，无数次要以外乡人的姿态与这座城市对峙，那点刚刚建立的归属感，每每轻而易举地败给夜半过枕的火车鸣笛声。

1

2017 年，异常忙碌。几乎每天都是夜晚八九点才离开办公室，周六正常上班，周日和节假日不时加班或固定值班，我粗略统计一下，加上春节和国庆等法定假期（当然，也要减半），个人休息时间大约只有一个月。真的只能是"一点一滴"去"培养"了。

好在，时间是挤出来的、路是走下来的、目标是坚持下来的。见缝插针吧。只要不加班，我都会带上我的奶爸包（水、零食、玩具、雨伞、纸巾、公交卡），带上我5岁的儿子，在这座熟悉又陌生的城市里来回穿梭。倘若路途远一点，媳妇驱车随行。

公余途便，纵稍惬适，日积月累，也能饱览胜景。（或许是自己太压抑了，记得年初连加了2个月班，没日没夜，当接到可以休息一天时，驱车狂奔30里，直抵大彭镇，离开徐州城才觉得全然释放。）

有时，搞急行军，一天要赶几个景点。为了不走冤枉路，我会简单做个攻略。倒马井、黄楼、汴泗交汇碑，可以设计路线；显红岛公园、汉桥、文博园，可以一路走去；拔剑泉、竹坡故里、纪信故里，可以一并成行……最夸张的那次，8月20日，顶着烈阳、挤着公交连赶淮海战役纪念景区、汉文化景区2个大景点，从城西到城南再到城东，末了再返回城西家中，出门前带的3瓶水都被儿子喝光了，下午3点半在汉文化景区西门混上午饭。

有时，兴致来了，夜游徐州。5月30日夜，听闻修旧如旧的徐海道署衙门快恢复重建好，按捺不住，加完班回到家，连夜拉着儿子在溽热的夜徐州徜徉，竟意外地找到了"老徐州十字歌"里的一人巷和虞姬的美仁巷。月明星稀,里仁为美,不虚此行。8月19日夜,以老东门、老街坊、双拥碑、钟鼓楼、户部山为支点,来来回回走,返程时,儿子疲倦地趴我肩膀上酣然入梦。

有时,雨中出游。4月4日上午,小雨霏霏,"雨中登泰山",虽此泰山非彼泰山,但却有了向经典致敬的机会,快意平生。下午,绵绵春雨中,一家三口在空无一人的云龙公园与唐代大美人关盼盼和两汉圣母王陵母对话,那份闲适和浓情,无论多少年都深藏我心。

周日在单位值班,午间也能突击造访一下单位附近的古迹名胜。7月23日,为一睹古代最长石板桥荆山桥的风采,在40摄氏度高温下跨过京杭大运河,但闻一路的饮水声。

驾一叶之扁舟,举匏樽以相属。所得之乐是:一路"举匏樽"不知饮了多少水。

2

有过退缩。不仅仅因为时间和精力,更多的是来自各方面的质疑。

媳妇是旗帜鲜明反对的,她很认真地刺破我的所谓"寓教于乐":你知不知道儿子喜欢的是游乐场?

想想也是,5岁的孩子,面对那些仓皇斑驳的楼台亭榭,那些货真价实的名人真迹,那些以他的年纪根本不能理解的历史烟云,是不是毫无意义?我不知道他能看到多少、听懂多少、汲取多少。

还有来自父辈的压力。他们经常训诫我：那些阴冷的汉墓、那些庄严的寺庙，小孩子能适合去吗？尤其是孩子生病时，我成了最大的罪人，都因了我带他东奔西跑……

我认真地征求儿子意见，小家伙说行，那么，我们就"行"。甚至，很多个周日，他一遍遍推开书房的门，请我关闭加班的电脑，带他出去"遛一遛"。

关山初度路犹长。哪怕是走马观花，哪怕是对牛弹琴，哪怕是对他的成长没有多大馈赠意义，哪怕要因此让他发了烧生了病，但，"读万卷书，不如行万里路"。

书上得来终觉浅。行前，我会百度检索景点内容，游走过程中见缝插针讲解一下。边走边学。老实说，大有裨益。原来，云龙山的"壮观"二字是李白所书。原来，"黄茅冈"三字是乾隆御笔，黄茅冈从前还是一座村落。原来，三马路是青年路的东延。原来，我们反复吞吐在嘴边的倒马井竟真的是一口古井，而且仍在源源不绝供应清冽水源……一下子，便填补了许多知识空白。

寻找"徐州三洪"的过程，印象最深。在盛世的繁华里寻觅那条早已不再昼夜罔息的泗水，很有探索意味。当攀上凤冠山顶，看到那条壑深道曲的山峪，一下子就明白孔子为何不辞舟车来观洪。看到吕梁洪周遭的重峦叠嶂，一下子就明白古吕国为何在此设都城。秦梁洪，在各种地图里查找无果。我们决定用脚板来印证，最终在京杭运河南、三环北路北、津浦铁路线东、104 国道西，撞进秦洪古村，将我们惊喜的脚印重重地踩在了秦始皇留下的那川"悬涛嘣奔"的秦梁洪上。

万类霜天。任何事情只要做，总会有收获吧。

<h2 style="text-align:center">3</h2>

也有惊险和难忘。

面对嵯峨陡峭的山路，湿滑的河岸，荒僻的山峪和村野，有时，我会心生悔意。

一个5岁的孩子，大好童年时光，确实不该在这些荆棘丛、乱石堆里攀缘跋涉。

一个5岁的孩子，体力也是有限的，每一次游览下来，儿子的小脸涨得红扑扑，头发湿漉漉，而且数次出现险情。10月6日，在吕梁景区，为防止儿子滑落水中，我快步上前，不幸中招，胸口重重摔伤。11月26日，在安徽与徐州交界处的燕桥旁，我再次跌入桥下的灌河，冬水之刺骨，委实难挨。

也有曲折和废途。

很多次，因导航失灵，或山路闭塞，或突发状况，与那些目标景点失之交臂。去北望村寻找渡江战役总前委旧址，第一次去时前方修路悻悻而归，第二次去时铁将军把门无法进入。去拉犁山寻找刘秀妹妹的皇姑坟，去紫金山寻找张竹坡的衣冠冢，均因没有向导，在山谷无处突围，半途而废。去望城岗寻找那口400年的老井，一片建筑工地，不能进入。毕竟，我还带着一个5岁的孩子。

也有激励和坚持。

拾级泰山500多个台阶，山势陡峭，如载似铁，步履维艰，到后来，儿子每一步都是绷足挂指。他不愿意借助我的援手，坚持自己爬到山顶。我相信沦肌浃髓的阅历，胜于一切亲子培训机构里的春风化雨。

也有成长和历练。

一年下来，儿子个头蹿高，身体明显壮实很多，奔跑速度也比去年更快。当然，这也得益于他平常的踢足球练习。功不唐捐，再小的一座城，你走个遍，也是一种广博。

尽管，这只是在顺着前人指引按图索骥，去触摸这座城市的筋脉和骨骼。因为，古往今来，寄情山水的专业驴友何其多也。我们没有那份浪迹名山大川的洒脱，也不是移步成章、沿流溯源的地方志专家，目的单纯地不能再单纯：用自己的脚步，去丈量这座城市属于自己的长度和温度。

4

一座古城的出色和伤痕是阅不尽的。

越看越繁丰，越品越惊心。

这那么一个不起眼的燕子楼，白居易、苏东坡、文天祥、郁达夫……来来往往那么多大咖。

就那么一个不起眼的花园饭店，毛泽东、周恩来、孙传芳、蒋介石、冯玉祥……都卸辕安榻过。

这座城市里留下了太多的文化瑰宝和历史善意，有伫立千年的，也有孤独百年的，我们终日徜徉其间，从未停下来认真打量它的美丽向度。

这一次，餍足了。

最起码，作为张望者，我们看到了彭祖文化、佛教文化、两汉文化、苏轼文化这几辆竞相奔驰的马车，在6000年文明史的徐州城卷起无数个津津乐道。目及，足至，而后快。囿于时间和忌讳，还有很多精彩足不能至。比如，我最向往的张良进履的圯桥（下邳）、元代的白家桥（利国）、刘邦的歌风台和泗水亭（沛县）、宋司马桓魋的墓穴（北洞山）、戚继光的衣冠冢（乔家湖）……只能作罢。在饮食文化方面，也几乎没有涉足，这的确愧对"厨行祖师爷"彭祖和"美食家"苏东坡。

其实，一年走了徐州200多个景点，只是一句博眼球的噱头罢了。徐州大大小小的景点，在我浅薄的认知范围内的算是基本走到了，还有我认知范围外的呢？想在一年内穷尽徐州120多处古井名泉、1200多汪沟渠湖泊、600多座山峦……谈何容易？谈何容易！

只有在大自然面前，才能看到自己的渺小。

好在，儿子的路还长，徐州剩下的精彩，由他这个"土生土长"的徐州人长大后慢慢行吧。

第三辑

一枝一叶

躲雨的仓皇和温暖

我喜欢下雨，只要不构成山洪肆虐，管他绵绵细雨还是泼盆暴雨。那种纷纷扬扬，那种歇斯底里，那种排空漉土的壮观，那种以细弱之躯独霸天地间的任性，深谓我心。

我尤喜欢被雨堵在街上的感觉。走不了，只能无奈地被它拦下，多少事多少急都生生地扔在一边，守着一块窗玻璃或是门帘，或呆，或傻，或痴，或愣，看它拉下乌云，垂下雨帘，乱舞狂皴，直到咽了声、歇了泪，方让你脱身。

下雨天，留客天。这是几千年躲雨总结出来的好心态，既然走不了，那就停下来歇歇。

没人愿意当落汤鸡，却都愿意看落汤鸡。人在大雨中狼狈窜逃，忽而被狂风暴雨掀倒，忽而被雨水滑跌而出，最倒霉的是浑身衣物瞬间浸湿，贴着肌肤，说不出的讨厌。还是古代好，一笠一蓑一马，如同江湖侠客疾风骤马掠过，躲雨成了一种仓皇美。

最好的躲雨处是饭店。雨中靠近饭店，如同冬日靠拢火炉。整条街在雨水中淘洗，一间间饭庄被洗出白腾腾的热气。足以吸引人的。热腾是最好的招牌，热气中飘着的面香、菜香、粥香，透过雨水挽留脚步——下雨天吃一碗面，多好的选择。

我在雨中吃过一碗面，父亲的一位好友执意拉着我坐在热腾腾的面馆内。浮在面上的那一截葱花，那一片西红柿，再寻常不过，只因在大雨中，却如雅阁里的小碟小碗宴一样精致，让我多年后仍感到父辈的温暖。

也有四面来风的饭店，比如豆脑摊。那是一块花花绿绿的大塑料布，要一碗豆腐脑，撒点酱油醋在豆腐脑上，油花里色彩斑斓全是头顶塑料布的映像。小时候跟父亲上街，遇到骤雨，总要吃一碗豆腐脑。可惜父亲不懂欣赏，他每每捏着酒杯盯着远处。我顺着他的目光寻去，那只是越下越大的雨。

一块塑料布搭成的躲雨处，让雨中疾走的人喜出望外。不停有人冲破雨帘进来躲雨，进进出出裹着湿湿的雨气。不时有斜风细雨刮进来，一群人便像一群鸭子在塑料布下团团转动。雨水砸落在塑料布上，在头顶积成一处水坑，每过几分钟，摊主便用木棍顶一下塑料布，成块的雨水便泼洒而下。

要是在沾衣欲湿的地方躲雨，情况会更糟糕。

少时在田野里遇到一次雷阵雨。当时，父亲带着一家五口人正在给花生地铺塑料薄膜。突然暴雨如蝗，从高处飞扑而下。四下里荒无人家，也无大树和高挑的庄稼，父亲环视一周后带领我们奔向一处高地，那是一条乡间小路，路上坑坑洼洼全是突兀的砂浆，父亲展开塑料膜在前面蹲着，母亲扯着塑料膜的另一端在后面挡着，3个孩子挤在中间。雨水湍急而汹涌，瞬间，腥湿的泥土味扑上脸来。大雨中，一家人挤在一帕薄薄的塑料膜下，如同几棵庄稼，也如同一堆麦秸秆，动弹不得，任雨水冲刷。人在大自然面前，确实是渺小的。只是，那种暖融融的依偎感让我永远都不想起身——我那时竟希望这大雨永远下个不停。

后来就长大了，每一步都要自己去经受风和雨。姐姐嫁到了上海，妹妹去了沛县，我到了徐州，我们把父母扔在新沂。我在地图上把这几个地方一连，是个狭长的三角形，也像一点急遽降落的雨滴。一家人一年难得一聚，聚会时也各自抱着孩子，喂饭，喂奶，把尿……

孩子们如我们小时候一样，对雨水充满了好奇，在细雨中奔跑着呼喊着，甚至乐此不疲地故意在雨水中摔一跤。他们最大的只有5岁，他们还不知道躲雨的仓皇和温暖。

毛线人生

今年的秋寒来得陡然。像人心，易薄凉。

捯饬衣柜，在柜底发现一件旧毛衣。时光邈远。14 年前，我执意留在徐州。那个秋天，母亲给我织了这件毛衣。

毛衣足足有 3 斤重，穿在身上像铠甲。我能想象到，母亲织的时候，针脚是密了又密，尽量让它结实一些。因为这件毛衣，儿子只身在外要穿好多年。毛料选择上，用的也是保暖性较好的羊绒毛线。甚至领口，母亲也特意处置成"鸡心领"，这样，不影响里面打底一件白衬衫。

慈母手中线，游子身上衣。

临行密密缝，意恐迟迟归。

所有的牵肠挂肚，都被她织进这件"铠甲"里了。

没承想，第二年我就将它搁置了。太笨重，不舒适，还有点土气。

后来，陆续在商场置了几件商务型毛衣，穿了一阵子也扔柜底了。也许是连年暖冬，"白衬衫＋羽绒服"渐成职场冬天新时尚。

一晃14年过去了，新毛衣沦为旧毛衣，甚至还有点"老物件"的感觉（捂脸）。然而，打开它时，满满的，却永是"妈妈的味道"。这种味道会赓续。因为，母爱会赓续。自从有了下一代，母亲对徐州的牵挂，自然而然地就从儿子转移到了孙子。衣柜鞋柜里，从此都是"奶奶的味道"：手套，耳捂，棉鞋，帽子，毛衣……在漫长的等候和牵挂里，她试图用传统的手工编织勾连，一遍遍温暖她的儿女子孙。我能理解。

然而，却不愿告诉她：娘咪，都什么年代了，谁还会穿这些手工编织物？不忍，亦不舍。

或许，我比她更眷恋这种"编织"里的亲情。有一段时间，母亲向毛绒玩具"进军"。

外甥女幼时对一个"小熊"毛绒玩具爱不释手，长大后，依然欲罢不能。然而，多次的水洗日晒，已让这件毛绒玩具失去陪伴的价值，必须要扔掉了。在家人劝说无果后，母亲摸索着用毛线仿制了两个"小熊"玩具，她渴望这两个新毛绒玩具，能够帮到她的外孙女。明知不可替代，却总想着靠拢。

在电视上看到一些动画片里的角色，母亲也兴高采烈用毛线编织，小猴子小兔子们在母亲的钩针下变成了毛茸茸的物体。她觉得，孩子们下次回家，应该是喜欢的。或者，应该是对"奶奶的味道"更加迷恋的。

从什么时候开始，母亲对我们的爱变成了一种"示好式""迎合式"乃至"啥是佩奇式"？

我知道，偌大的中国家庭里，有很多这样的老一辈，他们以儿孙为生活的重心，在距离和代沟的隔阂下，从未放弃追寻着"啥是佩奇"，也有很多无助的"老母亲"，只会用毛线的柔韧去追赶儿孙的人生。

他们闭塞而守旧的能量"织针"，根本钩织不了儿孙的人生。在人生的风雨中，追到村头的母亲们，只能帮远行的孩子在脖颈系上一条围巾。

然而，却足够温暖，足以抵挡秋寒。不是吗？

嫁女的春节

　　每个女人这一生都要背负一座城市，或是一座村庄。她嫁到一个新地方，便彻底失去了养育她20多年的故乡。尤其到了阖家团圆的佳节，嫁女们更被乡愁折磨得寝食难安。

　　我把自己的乡愁牢牢地交给徐州。成长，求学，工作，甚至出嫁，都在这座城市完成。只可惜，我嫁的是一个游子，再逢春节，我成为"游子"的一分子，跟他们一起踏上"回家"的旅程，去把一年中最热闹的时光扔给一个贫瘠、寒冷而又陌生的村庄。

　　那一年，在300里外的婆婆家，听着电视里西单女孩动情地唱着《想家》，忍不住泪如雨下，第一次感到家的牵引竟是那么强烈。然而，我已出嫁，家已成了娘家。

　　又一年，我不想再做游子的影子，我们把公婆接来徐州过春节。大年三十，已是万家灯火，我饥肠辘辘地拎着一大包年货挤在回家的公交车里。妈妈这个时候打来了电话，她问我到家了吗，吃过年夜饭了吗，眼泪又一次挣脱眼眶。城市很小，于我却是那么大。

出嫁前，我的春节色调充满阳光，满满都是期盼的味道。如今，却也陷入了"今年他家、明年她家"的庸俗命题。之后几年的春节，就是一场场"回家"的争夺战。

其实，争取到自己回家的路，也就切断了爱人回家的路。他将脚步交给我时，扔掉了身后的炊烟、草垛、老井和他父母站在村头的等待。我将脚步交给他时，抛却的难道不也是身后那无声的召唤？

今年，离春节还隔着几道山梁，公婆的电话已早早打了过来，他当着我的面大声许诺："今年春节一定回家。"转过身就来哄我，回老家只住一晚上就回徐州。一年就回去一次，而且还是大年初一，我能当着公婆的面把他押回城吗？我不敢看他的眼睛，却不得不看他的眼睛——满满的都是哀求。

见我同意，他开心得像个孩子，立马手舞足蹈地收拾东西。穿了才一年的保暖内衣和衬衫，家里新买的洗发水，他答应送给我爸爸的一条新疆莫河烟，统统被他塞进旅行包。我苦笑劝他，离春节还有大半个月，有什么需要带回去的提前列好单子，回家前我一并收拾。

又能怎么收拾呢？30年来，我从未离开父母的羽翼，不知道"踏上回家的旅程"需要怎样的拾掇。但是作为一个女人，我只能为托付一生的男人打理他的旅程，哪怕这种旅程是建立在我的乡愁之上。

想起公婆来徐州过春节的那年，我去车站接他们，那些行李足以让我理解何为"回家的准备"：用旧的化肥袋子里装满了芋头、南瓜、腌菜、腌肉、玉米面、豆饼……我能想象到他们提前准备了很久。为了子女，为了团聚，为了"回家"，拎着大包小包奔向一座陌生的城市，这难道不也是一种"嫁女的春节"？

大年三十的脚步越来越近，收拾好行李，关上房门，我知道，今年又要去把异乡叫作故乡，又要在"故乡"做一回"西单女孩"。

3 岁男孩的江湖

　　我儿子进入 3 岁了。就像我进入 32 岁一样稀疏平常。年龄是禁不住细算的，15 岁时我读到 32 岁的胡斐、32 岁的令狐冲、32 岁的乔峰、32 岁的陈家洛笑傲江湖时，暗想老夫到 32 岁时鲜衣怒马也是一条江湖好汉。然而，奔到跟前才发现我所拥有的，只是一个 3 岁孩子的江湖。

　　老实说，3 岁男孩的爹真不好当。他不再像 1 岁时那样安静地如一只绵羊，他不再是 2 岁时那样胆怯地守着自己的小板凳，他已是一个骨骼嘶喊着成长的江湖小鬼侠，各种精灵鬼怪和匪夷所思。屁来了攒着，非得屁颠屁颠地颠到我跟前再排泄，然后像夺取重大胜利一样得意大笑。走路时故意颠三倒四、东倒西歪，我跟在后面一遍遍揪心地纠正。

　　他开始用破坏来刷存在感。我正在洗手，他冲进卫生间，拿起牙刷、牙膏就往马桶里扔，扔完之后再像兔子一样逃开。我正在吃饭，他漫不经心地靠近饭桌，突然腾出那只天下难敌的右手，将菜盘翻扣在桌子上。他路过邻居家的门，路过路边的花草，路过十里春风，都要用脚去踢腾。他对一切事物都用暴力来满足好奇心，或是用以引起我的注意。

他像一个江湖大侠，总有折腾不完的精力。绘画，弹琴，打游戏，玩积木，看电影，坐摇摇车，挖沙子，开汽车。半年幼儿园下来，性情大变，开朗至顽皮，快乐至忘形，每天拎着一把金蛇剑"打家劫舍"。小男孩果然是群居动物，他们生性成群，在群体中学会表达、学会攻击、学会成长。

他的江湖舞台越来越宽广，铠甲勇士，奥特曼，电击小子，光头强，闪电麦昆，汽车人，巧虎……信息时代成就了一个3岁男孩的所有最初的英雄梦，我再也不能拿大白兔和大灰狼来糊弄他，他逼着我变成异能兽、小怪兽、红蜘蛛……然后变幻着屏幕中的各种英雄和我"决斗"，他霸占我的手机自行上淘宝搜索各种英雄的装备。末了，路过小区门卫处，伸着头问："爷爷，有我的快递吗？""爷爷，我的铠甲勇士召唤器到了吗？"

多么快乐的成长啊。然而，我却越来越没有耐性，他用他的天马行空来教唆我的坏脾气，愤怒的心魔被封压在心底许多年，却在不经意间被他"解除封印"，等待着铠甲勇士来消灭。可是，3岁的铠甲勇士能打得过32岁的暗影五行魔吗？

他流着泪与我断交，然而过不了几分钟，又故意扔东西来吸引我的注意。他都将家中玩具悉数搬出，扔得满地都是。他按照自己的区分理念，把一些视为垃圾的东西扔进垃圾桶，害得我隔三岔五到垃圾桶里淘宝。由此，也终于明白老年人为什么都喜欢扒垃圾。

有一个夜晚，我战胜这个3岁的勇敢斗士后，坐下来饮酒。他站在饭桌前讲故事——现在给大家讲一个故事，故事是一个妖怪，这妖怪天天喝酒，喝完酒就凶我，他是我爸爸，小朋友不要学他。见我不为所动，他便歪着脑袋用手指比画着打电话——110吗？有个坏人，他天天喝酒，天天打我。然后，他停下来煞有介事地从手指电话里听对方解答。末了，他说：他在16楼，快来抓他。

那些伪装的成熟着实让人心疼，这逼着我反思，为什么我们在生活面前忍气吞声，却不能最大限度地容忍一个幼儿？这张洁净的白纸难道不是我一点点在渲染吗？曾经，他像个忠实的小听众，安静地瞪着眼睛，听他的父亲在他面前侃侃而谈，我的神情、腔调、情绪潜移默化地感召着他。直到有一天，他想占有话语权，他大声而急切地喊停，"爸爸，爸爸，听我说"，世界都安静下来，听青蛙王子说出第一段话，他说出来了，那是一段鱼肉江湖的荒唐言，他让我发现32岁的自己在生活中的表现是多么糟糕。

我在影响着他的成长，他在警醒着我的成熟。

32岁男人的雄心壮志是收获，我能独享、能书写、能反思的收获是一个3岁男孩的成长，他是我最快意最得意的江湖，我可以霸道地告诉任何人：我就是他的盟主。我也应很羞愧地拥着他：宝贝，是你让我学会做一个合格的盟主。

9月，上大学去

收到大学录取通知书后，我就蹲在家伺候那十几头猪头三，父亲说，9月份就把它们卖了，供我上大学。为了尽快握别昨天，我只好每天拎着十几桶水给它们洗澡、喂食，傍晚时再拽上镰刀去山窝里割一布包猪草。

那是我在家待的最后一个暑假，也是最漫长的一个暑假。有几次下着大雨，我和父亲从屋里吵到雨中，我不满他对我命运的安排——他替我填报了高考志愿，一所本地的师范大学！我想和那些走向远方的同学一样，彻底离开这个只有猪圈和猪草的地方。

上大学报到那天，父亲起个大早。那一星期他都起个大早，每天骑车带我往县城跑，猪头三们已经被他卖掉，然而只够学费，生活费还没着落。他戴着破草帽骑着破自行车，带着我一趟趟去县城的亲戚家化缘，大姐给了200元，二姐给了100元，大表叔买了个箱子，二表叔买了双新球鞋。多年后，我仍然感激这些亲情的东拼西凑，以及父亲表情的东拼西凑。

报到那天，父亲的表情立马转变成"状元老爷"，他昂头挺胸带着我走出村庄。村口的大桥已经被山洪卷走，父亲示意我脱掉鞋子和他一起蹚过沙沟。过了沟，我回过头看着家乡——还未成为我故乡的村庄，垂卧在烟雨中，三三两两的村邻在村头在路上在田间张望着，看着一个倔强的少年以决绝地姿态逃离。

到了火车站，我对父亲说你回去吧，徐州这么近，我自己能摸到。父亲横了我一眼，那神情里满满地都是对一个不经世少年的鄙视。

我迎着他霸道的目光继续挑衅：王韧到长春报道自己去的，宋之雨到贵州报道也是自己去的，他们到了学校也没给家里打电话。父亲显然陷入了我的问题，怔怔地问一句：为什么不给家里打电话？我说他们就是不想再跟家里人联系，烦你们。父亲一愣，明白我的用意，把脸转向一边。朝阳透过火车站的窗户，透过破碎玻璃上的蜘蛛网，透过他花白的头发，落在我的行李上，我抓起行李窜进了站台。

我坐在车厢里待了好长时间，父亲才气喘吁吁地挤到我身边，我以为他会抽我一耳光，他低声说了一句：你第一次出远门，我跟你妈都放心不下。我不停挤对他，用很多理由。我长大了。我认识路。你该放手了。你让我锻炼一次。末了，我用冷刀子狠狠地刺了他一下：别以为我不知道你在想什么，虚荣心，无非是想让村里人眼红呗。你下车，在车站待一天，或者在县城逛一天，明天再回家，村里人也会认为你风风光光地把孩子送到大学后回去的。

父亲默不作声，把眼瞅着窗外，眼角余光却死死地盯着我。火车开了。火车停了。我对父亲说，是吧，不过2小时车程而已。

新生报到现场，父亲混在队伍里格外扎眼，前面有老师用喇叭呼喊，请各位家长离开，让新生自己报到。我瞅了瞅父亲，他略显尴尬，拎着包退到边上。缴费时，他当着众人的面，当着老师和城里女生的面，松了松腰带，从裤腰里拽出一个小布袋，用力扯开我妈缝在上面的黑棉线，从中取出一沓钱来。那一刻，我恨死了那十几头猪头三……

报到完，父亲陪我找宿舍。安置好后，陪我到食堂吃饭。吃完饭，他说回去了。他不得不这样说，自他掏出那沓钱，一路上我再也没理睬他。我把他送到校门口，他爬上19路车，转眼就消失在我的视线。我转过身看着宽大地如地主家的学校大门说：谢谢你，我自由了。

晚上八点钟，父亲用一个陌生的公共电话给我宿舍打来了电话，说已经到县城了，不过没有回镇上的公交车了，他准备到火车站候车厅趴一夜，第二天早上再回家。末了，让我好好照顾自己，看啥好吃的不要舍不得花钱……

我把脸转过去，任泪水爬过脸庞，就像夏夜的雨爬过村庄和田野，就像时光爬过回不去的年少轻狂。

父亲的自行车

　　父亲的自行车被偷了。

　　那辆驮着他迎过亲、上过班、下过田、赶过集、磨过面，甚至送过礼、送过信、赶过场、逃过命的老式"永久牌"自行车被偷了。就像父亲的一生被偷了。

　　"永久牌"也未必永久。

　　可是，在汽车时代、共享单车时代，谁还会偷一辆辐辘变形、镀光剥落、锈迹斑斑的自行车呢？

　　除了必要的愤悱，父亲还有清晰的思路，他很快打听到午间先后有三个陌生人穿过村庄，两个是隔壁村的，一个是村邻家的亲戚。父亲逐一过村入户打探，那种"假装路过"的掩饰，好像不是在找车而是在偷车。

　　未果。父亲又明晰了两个销赃地点：收破烂站、修车铺。

收破烂的人嗤之以鼻，破铜烂铁尚不要，况一辆塞满齿条和皮圈的破自行车。修车铺更是关张多年，一条街居然找不到一家修车铺。

丢了就丢了吧，正好买一辆电动三轮车。现如今的农村留守老人，几乎人手一辆电动三轮。

父亲拒绝了"奔向新生活"的建议。他在极力描述一辆破自行车的丰功伟绩。务农时，车把上挂着水桶；铁锹、锄头斜穿在自行车的三角架上。务工时，盛满锤子、吊线砣、铲子的胶桶挂在车后座上。磨面时，自行车后轱辘两侧各竖一袋粮食，后座、车梁则各横一袋。说到动情处，父亲弓着腰模仿着装车的样子，煞有介事地捆扎"粮食"。那幅画卷亦在我脑海永驻：父亲五花大绑在后面捆扎，母亲在车前用力下摁车把……

每天早上起床，自行车在院子里静静地等着父亲召唤，等待着父亲一次次带着它走过遥远的风景、走过重复的场景。父亲做代课教师的那十年，它每天早上都被拾掇一新，末了，车把上挂上父亲装教案的皮革书包，一路清脆驶向高雅之堂。

"我孙子还没坐过我的自行车呢"，父亲异常沮丧。愿望之小，却成未竟。我回乡的次数太少了。我亦想起我的自行车上的童年，车梁上坐麻的脚，车刹夹过的手指，在后座上完成的一场场睡眠。回忆是一条无法横亘的河流。

再回家时，父亲娴熟地骑着电动三轮车到镇口接我。他停好车，潇洒地拔下车钥匙，掏出一根烟，眯着眼睛抽上一口。

父亲的新疆

　　父亲有一段引以为豪的特殊阅历——在新疆待过两年。

　　在我很小的时候，乌鲁木齐、奎屯、石河子等远方的地标便长浮耳际。那些地方，父亲坐了七天七夜的火车才将它们丈量在脚下。那是父亲"年轻时的巴黎"，此后一生一直是他"流动的盛宴"。

　　他有一个相册，那里珍藏着他在新疆的所有记忆。父亲在天山脚下骑着马，父亲在那拉提草原上牵着鹰，父亲半蹲在哈密瓜地前，父亲在奎屯的办公室里正襟危坐……那些照片里，父亲的造型几乎都是白衬衫、领带、皮鞋、公文包。回乡后很长一段时间，他才从那些场景里抽离，在泥淖瓦砾间重新穿起粗褂、短裤、拖鞋……

　　他不轻易跟我说他的新疆。我问他去新疆是戍边了，援建了，还是打工了，他一概不予置否。时间长了，我以为他的新疆也没有那么"放不下"。

大学毕业前，我跟一群来自五湖四海的学弟歃血为盟。个中有一弟弟是新疆伊犁人。他听说父亲去过新疆，暑假特地从新疆带来天山雪莲、肖尔布拉克酒、莫合烟丝。父亲买来一坛白酒，将天山雪莲浸入其中，每天睡前啜一小口，那种惬意仿佛回到新疆的时光。他最惬意的是饭后用手动木制卷烟机卷一根莫合烟，我每每惊叹这简易的传统手工，他却保留遗憾：在新疆都是用专门的报纸来卷莫合烟……

下一个暑假，我带新疆的弟弟回家。俩人在酒桌上所聊、所感、所笑、所泣皆为新疆风物。那个夜晚，我第一次知道新疆炒菜时都要放西红柿，第一次听他们称洋葱为"皮牙子"，第一次听父亲唱起那些稀奇古怪的歌曲。新疆弟弟别时庄重地跟父亲"伙西"（再见），并邀请父亲去那拉提草原再耍一回鹰。

那种情绪感染了我，我决定带父亲去一次新疆。我说去新疆最好的时节是6—8月，花果飘香，草长鹰飞，最宜游历。父亲说却也是夏收夏种最紧要关头，麦穗金黄，雨幕低垂，刻不容缓。我知道这些都是托词，他不想给我增加负担。实际上，这个想法在脑海缠绕多年，直到父亲头鬓花白，我还是抽不出时间陪他去一趟新疆。

忽有一天，他说要去一趟新疆。他的师妹打来电话，说师娘病重。他一下子坐不住了，收拾包裹要去新疆。他能收拾什么呢，那些装饰他曾经身份的白衬衫和领带们已然破旧，他只能从我的旧衣物里选一身T恤、牛仔。临出门前，他又接到师妹电话，他的师娘正在回镇江老家的路上，他不必去新疆了。

父亲把包裹放一地方，转过来看着母亲，口将言而嗫嚅：欠人家的情总要还的……

其实父亲后来也想通了，再去新疆见到他的师娘又能如何？去新疆前他种了20多年的地，从新疆回乡后他又种了20多年的地，他不想让她看到他这种状态。40多年前，他的师娘从镇江老家到苏北农村教书，那时他是她最优秀的学生，以至于20年后她远在新疆奎屯党校任教仍念念不忘这个学生，得知他在家务农，她连续发了数封电报，让他到新疆谋生。在新疆，她又教了他两年营商之道，便放他回乡发展。然而，他最终仍然面朝黄土背朝天，他不敢再联系她。

这是母亲给我讲述的父亲的新疆故事梗概。

也许故事都是真的吧。因为，此后很多个夜晚，我总梦到1993年那个凌晨，父亲捉着行囊心怀梦想奔向那个叫作新疆的地方……我想，这个梦父亲定也常常做吧。

红包照我去战斗

今年的除夕守岁让我始料不及。

万家灯火，手机成了至尊无上的主角。排练大半年的春晚只剩背景音乐和光影，精心准备的年夜饭也成了草草收场的快餐。几乎身边的每一个人，都高度紧张地捧着手机在QQ、微信、支付宝来回转场。咻一咻，摇一摇，刷一刷，抢一抢，指尖飞转，不亦乐乎，好一道2016中国年的独特风景！

有人说，好好的一个猴年被"二马"耍了。QQ蹲QQ蹲，QQ蹲完微信蹲，微信蹲微信蹲，微信蹲完支付宝蹲……为了一张"敬业福"，戳疼了手指，累酸了手腕，赚足了心跳，最终却一无所获。

还有人说，一个红包把价值观扭曲了，平日里马路上横着一元钱都无人问津，现如今，为了区区几分钱在手机上人人拼得眼红嘴歪，若要抢得五元以上的大红包更是眼角湿润……

理论归理论，再清醒的人儿也或多或少被裹挟进微信红包大战。反正，我年三十全撂进去了。双手双眼时刻锁定手机屏幕，坐等红包。稍有松懈，"又错失好几亿元"。正吃着饭，红包来袭，筷子一扔。正抱着娃，红包破屏，娃儿一扔，眼疾手快——得手！抢完红包把娃重新捡回怀里，立马又变成亲生的了，笑眯眯狠狠嘬上一口，"乖啊，娘亲为你婆媳妇又抢到了一毛三分钱……"有时，网络不给力，眼睁睁看着大红包鹿死他手，心生恨意。

红包照我去战斗。窗外烟花绚烂，已错过了缤纷几场。父母进进出出几趟，红包大战结束一抬头，才发现他们早已回到卧室酣然入睡。说好陪他们一起过年的呢？想想，遂又心生悔意。

一咬牙！退出所有红包微信群，山河万里，已与我无关。没有红包得失，顿觉身心安定，心情再也不随之跌宕起伏。长吁一口气，终于走出迷魂阵了。

可是，从前的春节不是这样的。

那时的年关，没有那么多的明星和企业网络撒钱，没有"摇到手酸只有一块五"，也没有"咻到手机没电还差敬业福"，一家人围在电视机前打打牌，看看春晚，其乐融融，其心暖暖。守岁结束，打开手机，给满满的短信拜年者一一回复，共享人间春好。那些文采斐然、情真意切的新年祝语，伴着我却别一个又一个年关。

信息改变了生活，也左右了生活。

　　为什么，我们就输给了廉价的红包？待静下心来，春节已然荒废两日。年初二，收心整旗，驱车去婆家拜年。在热闹的小乡村，毋需争抢，传统的实物红包带着长辈的手掌温热递了过来，无论厚薄，比起微信上的红包都倍显情意暖暖。

　　投桃报李。初二下午，我拿着一沓红包，到商场给婆婆买了一款智能手机，安装了微信软件，手把手教老太太怎么拍照片、传照片，怎么录语音、发语音，还把她拉入我们一大家的微信群。新的一年里，婆婆再也不用隔山望水思念儿孙了，她在微信上就可以与我们互通有无了。这是我们的初衷。

　　老太太也给力，上手很快，学得有滋有味。末了来一句：听说上面能抢红包，明年我们一起抢吧……

　　得嘞，明年抢红包大军中又多一伏枥老骥。

我爹的"风流"往事

　　30多年前的某个夏天，外头没有一丝风，太阳欢脱地炙烤着大地，大地被烤得发白，白得直晃狗眼。看门的大黄狗人模狗样地把自己摊平在树荫下，舌头哈哧哈哧生津吐沫。

　　娘先是看天不顺眼，怨它不下雨。后，看狗也来气，数落它来客人也不知叫唤。我离开家门时，犹听狗的身上挨了一脚。噗的一声，像是有东西跌落到水坑里。

　　我嘴里含着大白兔奶糖，蹦蹦跳跳往村庄深处搜寻。娘给我安排个活：家里来客，去找你爹。

　　我是在老草包家的门楼下找到我爹。乃时，他跟老草包那盘棋正进入胶着状态。对我的"汇报"充耳不闻。我蹲在楚河汉界前，用舌根在攫取大白兔奶糖最后的芬芳。我的心开始挂念那个"的确良"阿姨口袋里的奶糖……我站起来，把爹地从楚河汉界里一点点拽出来。

家里来客了，不下了不下了。眼看这局又无望，爹从屁股底下拖出拖鞋，漫不经心穿上，漫无目的地向前走去。我用聚拢不到一起的"印象"向爹描述"的确良"阿姨的长相。爹一脸茫然。就来一个人？女的？你姑姑？（爹你别逗了，三个姑姑哪个我不认识？亲的。）

娘头上顶着湿漉漉的毛巾，在露天锅台前紧张地忙活着，边忙活着边热情地跟"的确良"阿姨攀谈那个年代的贫瘠话题。见爹归来，喜出望外，嗔怪道：死哪去了，陈英都来半天了。"的确良"阿姨不自然地站起来，把手在裤上蹭了蹭，她的面前是一盘刚择好的架梅。

爹当时的表情应该是挺丰富的。可惜那时我太小，没读懂。总之，他碍手碍脚又极其碍眼地杵在两个女人之间。娘拎着油腻腻的锅铲，踮脚看了看水缸，递过一个不经意的眼神，挑水去，缸都快晒见底了。

爹如蒙大赦。爹如梦初醒。爹如愿以偿。他在门后找到扁担，兴高采烈地挂在水桶上。走，英子，跟我挑水去。"的确良"阿姨尬了一下，还是跟我爹一起走出家门。娘给我丢了个眼色。我没接住——我一几岁小屁孩，接得住吗？娘一把拧住我的耳朵，低声呵斥：你！跟上！

跟上去，可能还有大白兔奶糖。娘应该是这个意思。我晕乎乎地走出家门，跟在他们后面躲太阳，爹和"的确良"阿姨自然不自然、不自然自然地说着还好吧挺好的话……聊的都是啥呀，一句也听不懂。我还是喜欢大白兔奶糖。

　　吃饭的时候，爹亢奋，娘热情，我兴奋。盐豆炒鸡蛋，干煸架梅，小鱼炒辣椒，油炸花生米……总之，满桌都是硬菜。

　　吃完饭"的确良"阿姨就走了。爹把她送出院子，她刚说了句：就是来看你过得好不好，便哭了，末了，头也不回抹泪而去……

　　爹漫不经心地返回饭桌前，胸有猛虎面不改色。他拿起大茶缸刚刺溜一口，就被娘一巴掌掴到地上。娘哇的一声大哭起来，哭得比"的确良"阿姨还伤心。爹嗫嚅着，用他那酸不拉几的土掉渣的话苍白辩解几句后，把拖鞋重新归置到屁股底，倚门而坐，一个烟屁股接着一个烟屁股地咬。娘在房间里断断续续地哭，断断续续地说，咳，还有断断续续地骂。

　　后来的几年，"的确良"阿姨在娘嘴里偶尔翻腾过几次，我大概知道那是我爹"处过的"的女同学。咳，咳，"低徊愧人子，不敢叹风尘"。

　　好多年过去了，每忆那个没有一丝风的夏天，都是"的确良"阿姨来做客时的场景。那天，她变戏法般掏出一把奶糖，她浑身散发着比泥土还清新的气息，她抚摸我头发时一股暖流在周身漫溢，她偶尔抬头看我爹时眼里噙着不经意的泪花……

老爹是个兵

1

你一定没听过这种称谓：呼爸爸为"爷"，唤爷爷为"(老)爹"。

在我们的方言里，老爹不是爹，是爷爷。我与老爹短暂的11年交集里，他从未从这得到一句时髦的"爷爷"，想来也挺遗憾的。20多年后，我携子回乡，我爸倒是想听孙子喊一句方言"老爹"，可他却也只能习惯那一声声稚嫩的"爷爷"。

2

老爹是个兵。

一个负伤退役的老兵。

战争在他的躯体上留下很多咬痕。脸上尽是炮火灼伤后的黯红，是弹片划过的伤痕。大拇指是残缺的。腿是瘸的，而且挂满弹孔。部队每年给他寄来特制的皮鞋，鞋跟是厚厚的烙铁，鞋帮上支着两根高高的铁架绑缚在腿上，他走路时便会发出咯吱咯吱的声响，有支架与鞋子的磨合声，也有残腿与大地对峙的高低声。

每逢春节，部队还会寄来光荣之家的挂历。一年12个月被具体成每一天，如星辰般拱着"光荣之家"四个大字。老爹把它贴在床头，贴在墙上，贴在映入眼帘的地方，贴在老兵忠诚的守望中，贴在他的风烛残年里。

一个老兵对"荣誉"的珍视很是奇特。

3

老爹从不给我讲他的战争他的团。

1993年，南京军区的一名退休女兵来到了我们荒僻的小山村。老爹和她坐在阁屋（门楼）下聊了很久。经过几十年的岁月淘洗，那些激荡的热血的话题已经趋于平淡，他们聊得如一潭静水，无风无浪无波澜。年幼的我听得极其乏味。

家里来人的时候，老爹会在阁屋摆上一张高脚凳，置上一茶缸浓茶。我注意到高脚凳上还有一包烟（老爹抽的是旱烟），那是女兵带来的。

爷爷说她在项英身边待过，有军衔。

爷爷只是个"兵"。

（许多年后，又听说老爹是兵里的官。我睁大眼，怎么看他都是一乡间老头。）

4

老爹的屋檐下常年挂着一只牛角。如眉月状自然地弯曲，下方呈喇叭口，上方有一孔为吹口。可能是隔了几十年的风尘，质地已不如从前坚硬，甚至已被时光风蚀成一截"枯木"。这是抗日战争独有的产物——牛角号，又名冲锋号。它的主人（我想，爷爷应该当过司号员）因残退伍时，把它带回了家。它拂去满身铅华，归隐在山村一隅。

那只牛角号太费劲，每吹都无半点应答。

老爹为我吹奏过一次，"呜——呜——呜——"，铳声雄浑有力，如牛破栏杆，如马蹄碾尘，很有气壮山河感。

那次吹完，他坐在屋檐下，抚着那条穿了子弹孔的断腿，一坐就是一个下午。

5

老爹绝对是个兵。

他的孙子是部队兵源"一条龙"。大孙子取名"大兵"，二孙子取名"征兵"，三孙子取名"招兵"，四孙子取名"招军"，五孙子取名"验兵"。六孙子出生得晚，没有续上这光荣传统，不然该叫"新兵"或"练兵"吧。

可惜，一代人的理想只是一代人的理想。

运、厨、工、商、仕、医。老爹的六个孙子，没有一个成为兵。却在不是"兵"的行业里，赓续着一个老兵的铁血。我们身上都流淌着老兵的血。

要我说吧，老爹也挺矛盾的。1972 年，他的三儿子要去当兵，他杵着瘸腿堵在学校门口守了两天，硬是让一个成功报名的新兵当了"逃兵"。

6

1994 年，老爹作古，驾鹤一别 23 年。

曾无数次自我许诺给他铭记一篇，因种种执念而荒废。时光邈远，再提笔，竟没有了悲伤。他留给儿孙们太多的记忆，太多的鲜明烙印，每想，都是他一瘸一拐从山坡走下来的样子。我且浮光掠影，截一段时光，给我的老爹、我心目中的老兵草草画上一笔。

算是纪念。

起床是件技术活

对于睡眠质量好的人，起床是一件倍感折磨的事儿。离开闹钟，很难自然醒来。

每天六点半，我在闹钟连环嚎中艰难爬将起来，看着身畔酣然大睡的妻儿，对他们大脑皮层的强大忍耐力表示愕然。尤其是我那已步入四岁的幼儿，每天唤他起床胜似退敌三千，不经一番咆哮飙泪势难配合穿衣。灯光催醒法，玩具吸引法，故事诱导法，音乐唤醒法……非折腾不觉醒。

我小时候起床，大多是被母亲的劳作声扰醒。那是故意的打扰，太阳蹬破地平线时，她会将面袋子抖得哗哗响，或是捶打一院子的黄豆秧子，她知道我讨厌噪音。有时候，她非故意，但我也会突然醒来，睁开眼，母亲正在黯黄的灯光下做饭，热气蒸腾在她的额头上，身影倒映在墙壁上，那时我很奇怪母亲为什么要起那么早。

我若出门远行，她会起得更早。到了五点钟，她喊我起床吃饭，除了热腾腾的饭菜，她还替我准备了一周的干粮，20个水煮鸡蛋，碾得香香的芝麻面，一饭盒煎咸鱼，30张煎饼或是烙得热乎乎的大饼。儿行千里母担忧，临行前的那一宿，她睡不着，既生怕自己睡得昏沉耽误了我第二天的行程，又想尽可能多地帮我解决生存问题。那些年，早起的母爱砥砺着我勇敢地走向一个又一个未知世界。

那些世界充满孤独与陌生，我时常在夜半突然醒来，听见火车在黑夜中寂寥地长鸣，听见房东家的鸡悲怆地啼叫。醒来不见慈母在身边，那是多么无助的孤独。

醒来的时候我就想，从小到大，母亲为什么总是能醒的那么早？

母亲醒得早，靠的是生物钟，而非闹钟。大多数时候，她在天亮之前醒来，在天大亮之后再叫醒家人。她是一家人的闹钟。心里压着事，她怎么都睡不着。有时事压得太多，刚躺下便起了床。有时生物钟紊乱，醒来不知几时，她索性摸黑起床干起家务。挑水劈柴，洗菜做饭，甚至一个人推着粗重的磨盘，一圈又一圈，直到夜幕全部退场，她汗流浃背得站在庭院中间，呼吸着扑面而来的清晨。

我奶奶起得也挺早。农忙时，鸡叫两遍便来我家敲门。我惊慌地坐起来，看着奶奶蹒跚着矮小的身影消失在灰白的夜空。

有次，母亲对父亲说，她听鸡叫就可以起床，把闹钟要回来吧，大丫头明年就要升初中了……奶奶枕头旁放着一个精致的闹钟，那是父亲在化肥厂工作时花 14 元钱买的。唯一的家用电器啊，难怪母亲惦记着。父亲蹲在地上抽了两根烟，他这一辈子，板凳、藤椅、沙发都坐不惯，唯喜欢倚墙而蹲。末了，他站起来，拍拍后背上的尘土走出家门。

没过多久，奶奶又把闹钟索回去了。看来，她也有闹钟依赖症。

那些年，一个闹钟在几个家庭轮流传递着，大伯的儿子要高考了，二伯的女儿进工厂了，奶奶已靠闹钟养成起床习惯，所以她不得不一遍遍去儿子家索回闹钟。她已经去世 20 年了，我再也想不起她的容颜。我只是奇怪于人的依赖性，一个几十年都是闻鸡起床的人，却轻易被小小的闹钟定格。

今天，13 亿手机用户都有手机闹钟。然而，那千万种闹钟铃声都不及一声鸡啼既白。

二毛借书记

我上学时很讨厌名字叫"二毛"的人。

我们村有个徐二毛，比他哥哥徐大毛小 12 岁。徐大毛是村小代课老师，从课堂上没收了不少小人书连环画。我找徐二毛借书，他说行啊，不过你得帮我把树上的鸟窝掏下来。我从未爬过树，为了"对纸片的渴求"，我把手掌磨得通红膝盖磨得流血才爬上树梢……最后，我同鸟窝一起掉进了河沟里。

徐二毛还算有良心，他把徐大毛压在枕头底的《仙篮奇剑传》偷偷借给了我。这本书，把我整个童年都毁了。那是我第一次接触到"武侠""流浪""童话"这样的字眼，那些吊诡奇幻惊险的情节把我死死拴住，我整天琢磨着如何带上"小秃子""萧菱""谢珠"一起仗剑四方、游侠江湖。这让我的学习成绩一落千丈后再也没爬上来。

　　小学六年级，我转学到 20 里外的毛林小学。五年级有个叫刘二毛的人引起了我的注意——他放学时手里居然捧着一本《五凤朝阳刀》。这本书，我在母亲的收音机里断断续续听过几段评书。"武凤楼""先天无极派""五岳三鸟"这些字眼像吸铁石把我吸到了刘二毛面前。刘二毛说他还没吃过麻油雪糕呢。我一介小学生于人情世故如同一张白纸，根本不能揣摩刘二毛的话中话。第二天，我又失魂落魄地找到刘二毛，刘二毛说他还没偷过西瓜呢。我说我也没偷过。刘二毛说你偷一个来我就把《五凤朝阳刀》借你。

　　我就这样被刘二毛一手促成了"小偷"。

　　中午放学时，刘二毛说下午上课前把书从家带来。我兴奋地一中午没离开校门口。我就坐在那儿，坐在烈日下，坐在泥土丘上，坐在渐生烦恼的童年尾巴尖，等待着那个叫刘二毛的身影出现。那种焦灼不安，那种望眼欲穿，我恨死了那个叫刘二毛的乡间小屁孩，他用一本书就把我定死在校门口。离上学的时间越来越近了，一拨拨的同学向校门口涌来，人群中独不见刘二毛。上课钟声敲响的时候，刘二毛蓬头垢面地和一群小屁孩追打着赶来，我拦住刘二毛，他愣了一下，说跟小伙伴们光顾要了忘记带书了……

　　那几天我一遍遍地缠刘二毛，他总有各种理由。最后，他说那本书他爸爸看完后已经还给书主了。不过，他家里还有一本更好看的书——《童林传》。我一听眼都直了：镇八方紫面昆仑侠童林，使得一手八卦柳叶棉丝磨身掌，六十四路八法神钺更是无人能近其左右。这一次刘二毛直接让我给他买麻油雪糕。那本书，虽然只有三分之一章节，我仍读出了最大的快乐。

我初中时的同桌叫葛二毛。这是一个更可恶的小伙伴，他挟我嗜书之软肋，在逃学后还交给我一苦差——把他的自行车和书包送回家，并转告他妈妈他下海发财去了，便可以从他家里获取我梦寐以求的《玉娇龙》。

今天想来，我仍为少年时自己的勇气而感动。我是多么羞涩而内向的人啊，那天，为了九门提督之女玉娇龙，为了那段传说中的江湖苦情，我竟去了离校10里外的葛二毛家，我竟涨红着脸对一个陌生女人伸手索书，我竟再步行1个多小时返回学校。

走在路上，我的手心里沁满了汗。不是因为路途遥远，也不是因为那本意外获得的《玉娇龙》，而是因为葛二毛家那顿午饭。那天，葛二毛的妈妈执意把我留下，她把给葛二毛准备的午饭推到了我的面前，她说孩子你回到学校也没饭吃啊，她坐在边上不停地抹着眼泪，她说葛二毛怎么就这么不省心呢大海那么大他下去会淹死的……

这是我干过唯一一次缺德事，我为了得到一本书，竟那么直接地伤害了一位母亲的心。

20多年过去了，当年的二毛们不知身在何方，他们或许早已忘记了那本《仙篮奇剑传》、那本《五凤朝阳刀》、那本《童林传》、那本《玉娇龙》。我也是多年后才知道，这些书都是不朽的传世之作。我为之蹉跎的岁月，好像一点都不蹉跎了。

与农具重逢

春节，春耕的序曲。

大年初二一大早，父亲便背手踱步于他的十亩良田。从田里归来，他带回一把荠菜，荠菜粥尚未出锅，他已撑着梯子将农具从杂货间的夹层悉数搬了下来。那一堆木棍与铁的组合物，睡眼惺忪地出现在春联和鞭炮面前。父亲特地放了一挂鞭炮。这是旧传统了，春节过后请出农具，农家要隆重地燃放一挂鞭炮，或是点燃一把烧荒大火——春回大地，刀耕火种。

父亲说，趁近日春雨酥地，正好试犁。春节这几天，他准备带着我，把堰上那块空地翻耕一遍，赶在下一场春雨润土前播种上春玉米。如果有时间，再借我的体力把六亩麦地的山沟挖深一些，或者在家前屋后多挖几个树坑以备植树之需。

我看着那堆毫不起眼的农具，下意识地问，就靠它们？

父亲点点头，将农具一一摆放在院门前，找来锯子、布条、铁钉和磨刀石，开始修整他的武器。

早春的薄凉在喉咙间游走。农业机械化多少年了，这些农具仍未退出历史舞台，仍在承担着叩石垦壤的重任。这些农具，经过整整一季的秋收，再经过整整一季的冬眠，或锈迹斑斑，或翘曲变形，确实需要修整了。

在春节的喜庆中，我与农具重逢。然而，我该怎么称呼它们呢？有些，我已叫不出名字，有些名字虽知道，却又不知如何书写。那个两根粗铁针铸成的农具叫作"铁叉"，却怎么看怎么粗陋。那个三根细铁针铸成的农具叫作"木叉"，它应该是最原始的农具吧——最初的时候，它是由三根木针刻成。那个三根细铁针挽成的农具叫作"钊钩"——应该是这样写的吧，我真不知道是不是这两个字。还有，探子，耙子，铁锨，木锨，镢头，锄头……

看着恬然贴在大地上的农具，看着春风十里的田野，一种根的召唤从脚底悄然升腾。那是一种原始的力量，是生命的呼喊，是啊，我们就是在这样的土地上吮露萌芽、茁壮成长，继而走向广袤的世界。我们就是靠这些简单而拙朴的农具，在大地上扎下根蒂，一代又一代，生生不息。

我激动地拿起锄头掂了掂，这个形如犁头的黑疙瘩，却在手掌间翻转不定。熟悉又陌生。父亲叹口气，从身后接过锄头，做起了示范。"前腿弓，后腿蹬，左三锄，右三锄，前手变后手，后腿变前腿……"，像一个老拳师，嘴中念念有词，手中分步演示。

我一件一件地试，父亲一把一把地纠正。我有好久没有摸锄头了，二十多年前第一次握它时，它将我的手掌磨出了几个血泡，那些血泡变成手茧伴我多年。我有好多年没有扛钊钩了，落花生，刨山芋，种玉米，点黄豆，甚至挖知了猴时，我总要带上一把钊钩。我也好久没有用木叉挑草了，那些年，给麦秸秆脱粒时，我与几位哥嫂一人飞舞一把木叉，在打谷场上接龙挑麦秸秆，间不容发，一场脱粒下来，双臂如同灌满铅……

与农具重逢，农家子弟却变成一介书生，拳已离手，曲已离口，我该如何面对脚下的黑土地？

春风鼓荡在胸间。这个春节，父亲带上我，我带上农具，走向田野，走向黑土地，走向春耕，走向回不去的农民时光。

我将铁叉深入泥土，隐隐的热气随着铁叉从大地腹部上涌。大地已经苏醒。

我将镢头刨向田垄，一道道湿润的鲜土翻滚而出。大地热忱待播。

我将木叉插进草垛，草下的虫豸跳将开来。春天已经来到。

该是农具登场了。

老刘的茶馆

老刘大名刘振坤，徐州文化圈内横跨诗歌、散文、小说、评论界的四栖明星。圈子里，没去过老刘茶馆的人，不多。这充分彰显老刘的好客和好人缘。对文友来说，那个闹中取静的小茶楼，实在是个聚会的好去处。

茶楼不大，掩藏在深深的巷子里。小巷很嘈杂，卖瓜的卖豆的卖糕点的卖烙馍的，三步一羁，吆喝声叫卖声推盏声马达声，声声乱耳。既然有了"市井"，便离不开"文化"，于是老刘的茶馆大隐隐于市。还真是"隐"，茶馆的门庭只有一人窄，和桃花源"初极狭"的入口有一拼，复行数步，方"豁然开朗"，初去的人，多半找不到。茶馆的名字很小很寻常，寻常到我去了四次仍未记住，有点对不住老刘。

茶馆共两层，楼下卖茶叶，楼上是四间隔开的房间，一间

用于品茗论学，一间用于推杯换盏，还有两间摆放物品。四个
房间前又是一人窄的过道，也是老刘的书房——挨着墙是一排
书橱，徐州作家作品基本上都在里头了，算是个单行本的徐
州作家图书馆，穿行这过道便成了名副其实的"穿过文学的
甬道"。

老刘经常以"好书佳茗"的诱惑把文友攒到一起——喝
酒。老刘在楼上开瓶放酒，老刘媳妇李大姐就在楼下操刀
下厨，一屋子的文人雅士，总会引来李大姐的闺蜜助厨。其
实，老刘也有一手好厨艺，拿手好菜是两篇大部头小说"地锅
鸡""地锅鱼"，鸡鱼炖到一定火候再揉点面在锅边贴一圈饼子，
于是一篇篇精致的散文便围炉而坐，实因那面饼子揉摊得正正
好好。我还目睹过老刘做一道小青菜，一气呵成，一把青菜一
烫、一拧、一切、一拌，就成了一道爽口的下酒菜，就成了一
首清丽的诗歌。要不，都说诗人作家的手烹出的菜别有一番风
味呢。

几道菜刚上桌，老刘就把大家拉进酒厅酣战。老刘不行酒
令，不吐槽，不倾诉，不发泄，但几盅酒下肚，明显才情大
增，说的虽是寻常话，但仔细咂摸，全都藏着诗情。我不会写
诗，很庆幸能认识个诗人朋友，他以酒酿诗，我以诗下酒。我
甚至有理由怀疑，老刘写的那几本诗集都是一次次聚会后所感
所得。

菜做得差不多时，李大姐会上楼陪大家把盏小酌，这个时
候老刘和李大姐的爱情也变成了下酒菜，他们相亲的桥段、牵
手的桥段、恩爱的桥段……逐一从酒杯跳跃到桌上。诗意糅进

了生活，羡煞旁人。

微醺醺的老刘，清朗朗的老刘，乐呵呵的老刘，恍若茶馆里的说书人，带动一屋子的逸兴遄飞，赚了一屋子的文化友情。其实老刘挺能讲的，经常到高校或是书院开一场讲座，据说场场爆满。汗颜啊，我竟未去捧过一次场。还好，在茶馆里小范围受教了。

茶馆成了酒肆、成了学堂、成了论坛，于是，文友越聚越多，渐渐有点"百家讲坛"的味道，有点苏大"作家讲坛"的排场。文友们若想搞点活动，比如举行新作发布会、作品研讨会、编辑评稿会、采风务虚会，都会不约而同地提议：走，去老刘的茶馆！

讨三盏茶也罢，耍两杯酒也好，只要空暇，老刘无不热情开馆。老刘不图名不图利（反倒贴了不少茶酒钱），就图一个乐。终日一缕茶香，一瓣书香，一壶酒香，一席言香，想想，老刘真挺乐的。

谁愿倚马千言

我在成为一名"小写手"之前，读过汪曾祺笔下给团长媳妇接生的陈小手，读过王十月《少年行》里的无良少年刘小手，看过"刘能"饰演的乡村小会计刘一手……那些"手"最终都如纸张上的墨痕，黯淡在时光里。

在成为写手之后，我发现自己还不如那一滴滴墨汁，不能静等风干，只能狼奔豕突。各种长官命题，各种友情代笔，各种江湖救场……为了维护一个又一个圈子里的生态，我一次次欣然领命，不能欣然时硬着头皮也要草船借箭。

领导的女儿马上高考了，还差几篇范文，希望能私人定制几篇范文赠予她在考场临场发挥。为了"稻粱谋"，为了孩子的美好明天，我挑灯研墨几个深夜。

大学同窗深夜致电，刚荣升成为区长秘书，领导安排他连夜炮制一篇大会讲话稿，时光如梭，一抬头已到凌晨还差 1 万多字截稿，在两眼一片漆黑中他突然看到我踩着五彩祥云飘过他的窗外……为了同窗之谊，为了兄弟锦绣，我又一次黉夜伏案。

文友主编的一本书即将付梓，马上端上桌了，被有关部门审查出"正能量"不足。为了成人之美，为了文不相轻，我点灯熬油煮了几篇心灵鸡汤。

路上偶遇友朋，说最近在报纸上读不到我文章了。能读到吗，写的全是应试之作、诰命之作、八股之作、委蛇之作。领了几句美誉，赚了几声感谢，满纸荒唐，却无一是直抒胸臆。

想起"大衣哥"朱之文曾经吐槽他出名后的遭遇：纷沓而来的采访、商演、代言、请吃，让他很不自由，也很不自在。我虽无大衣哥的盛名压力，却也有名声所累的遭遇。

当圈子里的人在文字工作上遇到急需时，第一时间就想到了我，"嗨，那人貌似可以借用哦"——这就是我的价值，不能成为一代经纪手，只好沦为代人捉刀的刀笔吏。

东方既白时，两眼熬得跟兔子一样红，把那篇像大白兔一样的文稿传送给他人邮箱，如邮箱自动回复般收到一串捧杀：他一夜写 1 万字，他半夜写 1 万字，他两小时写 1 万字……浮夸的气泡越吹越大，最后衍变成——他下笔千言、倚马可待。

受此虚名所累，再有救场，若推辞就矫情了。

谁想倚马千言？抠索数百字有时也需消耗两小时。那些暗夜里，一边与时间赛跑，一边与睡眠对峙，过了凌晨两点就开始着急上火，时常一篇文章要换来满嘴口腔溃疡。苦战一夜后再读一遍，若写偏了，还要推倒重来……一天下来，头油和汗渍将脑门磨得锃亮，整个头型都败了，真谓是劳心之苦、劳力之苦、劳形之苦。

时常有起身掷笔之冲动，宁愿从云龙湖往大龙湖运水，哪怕一挑一挑地去挑水，也不愿意再"倚马千言"。一篇又一篇，循环往复，终而不绝，好不容易关上一扇门却不知何时又打开了一扇门。窗外艳阳高照，窗外鼾声四伏，窗外推杯换盏，窗外春风十里，我只能充耳不闻。

昨天，写完近期最后一篇人情稿交付文友，终于把压在心底多天的石头搬开了，刷朋友圈放松一下，恰巧看到该文友正在朋友圈刷微信，全是"家里有属羊属马的转""看了不转不是中国人"之类的文章，叹口气，转身告诉自己：少小不努力，老大忙代笔。

有人代言、有人代购、有人代孕，而我只能代笔。写吧，写吧，万般皆是命。

初心不改，一路同行

在人类历史上，从来没有哪一段历史如此开明开化，在中国共产党的领导下，民革、民盟、民建、民进、农工党、致公党、九三学社、台盟，八个民主党派交相辉映、团结共进！

在世界政坛上，也从来没有哪一个国家如此政治修明，政治协商、和衷共济，长期共存、互相监督，肝胆相照、荣辱与共，形成了独一无二的政治优势和强大生命力！

在世界民族之林，也从来没有哪一个民族如此统一团结，从革命统一战线，到工农民主统一战线，到抗日民族统一战线，再到人民民主统一战线，在国家和民族的每一个转折点，一次次自发拧成一股巨大的力量！

1945 年，为"发扬民主之精神、推进中国民主政治之实践"，中国民主促进会经历漫长的探索苦旅，自觉选择了与中国共产党结伴同行，一走就是72年！

72年，何其短暂，它只是历史长河的惊鸿一瞥。

72年，又何其漫长，它需要人们无数次去仰视、去缔造每一寸山河。

72年啊，又是何等坚定，这是同心同德的72年、是同心同向的72年、是同心同行的72年。薪火相传，初心不改！

70年前的中国民主促进会，只有一个梦想，那就是为建立一个"新的、美的、快乐的、和平的、统一的、民主的中国"而昼夜兼程！

为了这个梦想，马叙伦、郑振铎从上海走来，意气风发；为了这个梦想，雷洁琼、许广平从北京走来，衣袂飘然；为了这个梦想，林汉达从东北走来，风尘仆仆；为了这个梦想，柯灵从广州走来，呼号奔走……一个个诗人政治家，书生意气，挥斥方遒！

那时的民进啊，只是一个蹒跚学步的婴儿，却从未退缩，一群中高级知识分子面对白色恐怖毅然喊出"天下兴亡、匹夫有责"！在民主的革命征途中，民进与一群热爱和平的"大哥哥大姐姐"，手挽手、肩并肩，同呼吸、共命运！

50年前的中国民主促进会，风华正茂、恰同学少年，在社会主义建设的康庄大道上，鼓与呼、奔与走。

那是怎样一种热火朝天？在恢复国民经济战线，在巩固人民政权战线，在社会主义改造和建设战线，在政治协商战线……到处都是民进人的身影。

那是怎么样一种义无反顾？民进毫无保留地提出"一切为了社会主义"，毫无保留地联系、团结、带领着教育、文化、出版界的知识分子，投身到那一段历史的急管繁弦！

一介书生啊，以青春无悔的姿态参加国家政权、参与国家事务管理、参与国家方针制定，竭尽所能地发挥每一寸光与热！

30 年前的中国民主促进会，是个年富力强的中年人，在参政议政、民主监督、政治协商的舞台上，赤子情怀，做诤友、讲真话，建肺腑之言、献务实之策。

在发展改革的历程中，民进一次次把工作重点"转移"：转移到经济建设上来、转移到社会主义物质文明和精神文明建设上来、转移到社会主义现代化建设上来……始终与中共同频共振！

在参政议政的领域中，民进一次次把参议阵地"扩大"：扩大到教育均衡、文化强国、科技创新上，扩大到环境保护、经济转型、区域发展上，扩大到国别研究、社会建设、反腐倡廉上……始终与中共同声共气！

70 多年来，民进始终与中共一路同行：

在反内战、反独裁的爱国民主运动中——并肩战斗！

在巩固新生人民政权、推动社会主义建设中——通力合作！

在坚持和发展中国特色社会主义征程中——同心奋斗！

在中国革命、建设、改革事业中，民进与中共、与各大民主党派结下了不朽的友谊！

难忘民进首位主席马叙伦的政治嘱托："只有跟着共产党走，才是在正道上行"，这是民进赤忱的初心。

难忘民进前主席严隽琪的政治担当："切实承担起中国特色社会主义事业亲历者、实践者、维护者和捍卫者的历史责任"，这是民进不改的初心。

老一辈正确的历史选择已经被民进人代代继承。下一个70年，民进将继续坚持中共领导、继续坚持团结求实、继续坚持立会为公，不忘初心，一路同行！

光辉典范，照初心

　　在中国，有这样一位世纪伟人，她是中国近当代最杰出的女性之一，回顾她的一生几乎就是一部中国的近现代史和当代史。

　　她占据多个"唯一"、多个"最"。

　　1935 年"一二·九"运动爆发，她是燕京大学唯一参加游行的女教师。

　　1946 年"六·二三"下关惨案中，她是和平请愿团中最年轻的代表。

　　1997 年，她以 92 岁的高龄仍在职领导着一个民主党派。她甚至"永不退休"，100 多岁时仍参与多部国家法律制定，是最年老的工作者。

　　她拥有多个"桂冠"和"头衔"。

她是中国民主促进会的创始人和卓越领导人，曾任全国政协副主席、人大副委员长。

她是多党合作的推动者和捍卫者，曾在西柏坡与毛泽东彻夜长谈，曾在开国大典上登上天安门见证一个伟大时代的诞生。

她是享誉海内外的著名学者，北京大学教授、博士生导师、著名社会学家、法学家、教育家。

她头顶多个光环，却一直以身为教师而自豪，在中国教育领域辛勤耕耘 70 余年。

2011 年 1 月 9 日，她在北京逝世，走完了她 106 年的传奇人生，留给世人一个永远景仰的背影。她就是民进中央原主席——雷洁琼。

雷洁琼的一生，是星河灿烂的一生，是爱国、爱人民、爱真理、爱民主、爱社会主义、爱中国共产党的一生，是经过血与火的考验、经历中国人民独立、解放与社会主义现代化建设的历史洪流锻造的一生。

1945 年 12 月 30 日，在历经"五四"运动、"一二·九"运动、绥远抗战前线、江西抗日救亡运动"战"与"火"洗礼后，在与周恩来等共产党员探讨救国救民路线之后，雷洁琼与马叙伦等 26 位高级知识分子在上海组建了中国民主促进会，并团结联合 67 个群众团体成立上海人民团体联合会，为中华民族的和平、民主、解放、独立奔走呼号！

1946 年 6 月 23 日，去留肝胆，热血轩辕，雷洁琼和和平请愿团前往南京请愿，一群手无寸铁的知识分子呵，用一腔热血向黑暗的旧社会发出了红色战帖。在南京下关车站遭到法西斯暴徒的刁难、阻挠、围攻、毒打，雷洁琼身负重伤……这就是震惊中外的"六·二三"下关惨案。

勇士们的鲜血唤醒了全国人民，勇士们的遭遇在中共高层引起强烈的愤慨和声援！邓颖超亲手为她换下血衣，周恩来、董必武深夜赶往医院探望、慰问。周恩来坚定地说："你们的血不会白流的！"毛泽东、朱德也发电报表示慰问和支持。"与共产党合作"，从此成为雷洁琼、成为民进不改的初心！

1949年雷洁琼奔赴西柏坡与中共中央共商国是，并参与了新政治协商会议的筹备，出席了中国人民政治协商会议第一届全体会议。从此，她把全部的学识都献给了祖国和人民。从此，她把毕生精力的都献给了多党合作和政治协商。此后，无论岗位如何变化，遭遇如何坎坷，雷洁琼与中共始终"不忘合作初心、亲密携手前行"，在中国革命、建设、改革事业中作出了不朽的贡献，成为中国共产党的终身挚友和净友。

斯人已逝，风范长存。

世纪伟人雷洁琼虽然走了，但她留下了无比宝贵的精神财富，她的身后站起了15万个雷洁琼，他们与雷洁琼有着一样的名字——"民进人"，他们继承雷洁琼等老一辈民进人的初心，自觉接受中国共产党领导的政治立场始终不变，与中国共产党同心同德的合作态度始终不变，在国家政治和民主协商舞台，"不忘合作初心、继续携手前行"！

习作如建房

1

如果你近距离观察建筑生成的过程，发现很有意思的。

一块砖，要被瓦刀反复地敲打、拷问，才能卧于水泥墙上。有时，它只能迎风侧立或者横立着。有时它要被瓦刀生生截断，只留下一截砖头加入墙体。又有时，它啃了满头满脸的水泥，复又被弃于墙下。一面墙砌成时，墙角丢了一地的破碎砖头和水泥。然而，那幢未挂浆、未贴瓷、未着色的建筑，却有种说不出的释重感：主体已完工，所剩只是修饰尔。

习作如盖房。灵感澎湃时，水泥是恰如其分的松软，瓦刀是恰如其分的称手，砖头是恰如其分的平整、清脆，一块砖接踵一块砖沿着墙头奔走，空荡许久的地平面一下子就矗立起来，一篇酣畅、惊心、动人的妙文横空出世。

这是最理想的习作状态。一气呵成，从不拖泥带水。

也有些建筑垒砌不周，半途而废。或裂缝，或倾斜，或坍塌，或者干脆建不下去成了残垣断壁，成了烂尾楼。地基不牢有之，偷工减料有之，瓦匠漫不经心、城管阻挠、老板跑路，亦有之。太多的不可确定，改写了故事的走向。砌成一间房舍是很轻松的事，却也是很艰巨的事。

2

不是每一块砖都成了墙。砖是块好砖，只是坍成了废料，或是垫了床脚、垒了猪圈，或者干脆作为备料一直堆在风雨中，任时光慢慢侵蚀。夏虫语冰，千里马卧槽，潘金莲从了武大，看着干着急。

我的电脑里存有一个草稿文件夹，里面约莫 40 篇习作半成品。大都是一时心血来潮涂笔，又因种种原因而中断，闲暇时再续笔，灵感之潮已退，只好悻悻然作罢。我的公文包里也有一些不示人的纸头，大都是在会场或途中所得的只言片语，被光阴搁浅后亦没有了下文。

作为一名业余习作者，我从未有过修筑一座"希腊小庙"的妄念。所想，只是那些"砖块"不能囤圈成花坛，若不能砌成水榭楼台，且留着，说不定哪天要修一大房子，它们是主材或辅料也未可知。

我从小在山村里长大，见得最多的就是盖房子。土坯、红砖、青石，空心砖、河卵石、黄姜石，皆能砌成房舍。好的瓦匠，用泥坷垃也能盖出好房子。我期待着早日成为一名合格的瓦匠，不浪费捡到的每一块"砖块"。

然而，随着草稿文件夹的内存愈积愈大，愈发没了底气。甚至，那些曾经"瞬间抖动心灵"的词句和段落，过了心境，"上一秒的惊喜"变成了"下一秒的嚼蜡"。一面墙，隔了许久来看，要么是狂喜——是我砌的吗？怎么可以砌得这么好！要么是遮面——赶紧推倒，简直不忍卒读。

上乘的建筑不一定要多么富丽堂皇，或雄峙攀云，只消经得起时间淘洗。

3

有一段时间，我去研究各种建筑造型。发现，无论它们的梁枋构件多么巧妙、窗棂壁龛多么出彩，都要先有一张好的设计图和一方好的地基。

只有历经一番"挖、夯、砌、填"的打地基，砖头才能走成墙。即便是搁置一段时间，沿着半成品的茬口依然可以续建成墙——无须推倒重来。好的作品也是这样吧，挖好文本框架、夯实故事梗概、砌清人物脉络、填充人文底蕴后，一个个人物便顺着故事走向"走上墙来"。

沦肌浃髓去码一块块砖头，远不及绞尽脑汁先去构思一张图纸、夯实一方地基。我一度喜欢陵园前的华表盘龙柱，然而耀眼的不是华表本身，而是托起这 10 米高、万钧重华表的四块拙朴的条形柱础。

一块砖头就是一个语言单位，出现在恰如其分的位置，会产生擎柱拱厦的莫大力量。

它需要一张图的合理引导。

出现在门前，它是敲门砖。出现在市场前，它是试金石。放在空船里，它便是力挽狂澜的压舱石。一块接一块地被引导、被叠砌，那便是万里长城、是金字塔，所体现的便是坚实感、厚重感和敬畏感。语言学里的组合关系，就是一块块砖的合理搭配。

<h3 style="text-align:center">4</h3>

"工匠精神"，现在最热的一个词。

它的骤热，让许多急于求成的人，让日夜兼程的人，甚至让歧路无为的人，又一次停下来审视自己的精神世界。

作为一名终日炮制公文材料的刀笔吏，这些年，我听得最多的就是两种语言的冲突——"公文会损伤作家对文学语言的敏感性"。码不动的时候，我会把它拿来搪塞自己的怠懒。我的许多才子前辈们亦然，有的靠文笔谋了一官半职后便挂了靴——挂靴封侯，千年不假。有的，头枕两部著作活在自己的"围墙"里孤芳自赏。有的，干脆拆了文墙、纳了嫔嫱。我们身上都缺少对文字的信仰，都缺少一份"工匠精神"。

好的瓦匠，毕生的工作就是步履蹇涩地站在脚手架上，一遍遍用瓦刀敲打砖与线的缝隙。他们的身上常年凝结着细碎的水泥疙瘩，工具包里常年携带着瓦刀、泥抹、灰斗和钢尺，他们常年与钢筋水泥为伴、与砂浆砖石为伍，在日曝风寒中把自己的"文字"敲打得整齐划一，历风雨而弥坚。

推掉那些采风、剪彩、会务、稿约、网聊，找一处适合自己的"建筑工地"抹泥码砖，且静下心来、坚持下去，这比什么都强。

第四辑

一个人与两个人的村庄

一个人与两个人的村庄

风可进，雨可进，国王不可进。

——英国首相老威廉·皮特

上阕：一个人的村庄

在中国地图上，九子庄渺小到仅有一个"点"那么大。

在中国版图上，抹掉这个"点"却又如此轻而易举——一夜之间，人间蒸发。工业铁骑碾碎了田园牧歌，我的一位诗人朋友把村庄的这种死亡方式喻为"儿子杀死了父亲，孙子又杀死了儿子"。

它的消失，就像平地上卷走一片树叶，山峪里吹散一朵蒲公英，如此稀松平常。如果，非要带一点伤痛感的比拟，那就是树杈上跌落了一只鹊巢。

历史不会因为这只鹊巢的"轰然"或"訇然",而停顿、驻足、挽留或回溯。

201 年的九子庄,只不过是历史长河的一瞥、一瞬、一念。更何况,记住它前半生的人早已死亡,记住它后半生的人也正在死亡的路上。

1

父亲喜欢给我讲九子庄的前世今生。

他蹲在老屋的门槛上就像蹲在大城市的三环路上,目光拖着前尘、陈年和那些老去的时光。

这儿,我们家的锅屋,原来是老八叔的菜园子,老八婶的金莲小脚从村里要颠簸十几分钟才能颠到这儿。

这儿,我们家的池塘,是村外的"古战场",宿北大战时,你爷爷带着一个排的战士在这儿伏击过戴之奇的 69 师。

这儿——他指着东墙开裂的墙缝,这房下原是一条大沙沟,直通几里外的石英砂矿,当年盖房子时沟壑虽已填平,但这片地的韧带已经伤了,几十年来一直在拉扯着我们家的房子。父亲吊诡地看了我一眼,村里人都是笨蛋,只有我知道这是一块风水宝地。

总之,几十年前这儿阡陌纵横,现在已是车水马龙——我们家从村"郊"变成了村"区"。

如此看来,一个村庄的发展史,足以与一座城市的发展史相媲美,至少不差上下。体量膨胀,面积扩张,人口剧增……像孕妇一样变粗拉长,并且生下一个不断成长的新个体。

然而，当推倒村庄上的所有"俨然房舍"后，村庄忽又变小了。小到抬抬腿就到了家门口，那条被一户户人家叠嶂止步的村外公路豁然眼前，小时候总也跑不到头的村庄一眼就望到了头，父亲的"三环路"和他引以为豪的"村区"重新长出了绿油油的韭菜菠菜。

暮色压顶时，父亲再一次蹲在那儿——同样的纬度，同样的经度，同样的海拔高度——指着一块块巴掌大的菜地，向我重新介绍九子庄的"前世今生"：

这块地，先前是小四姐家。

这块地，先前是小木匠家。

这块地，先前是你二大爷家……

菜地，因为居住者的"来"或"去"，无端升华出许多新释义。它不唯是土豆萝卜之家圃，它亦是卿大夫受封之采邑、农耕者守望之家园，它还是九子庄乡愁无寄之坟茔。那些曾经不可一世的房舍坍塌后，留下的只是一块块巴掌大的空地。只有散落在菜叶后的瓦砾和残砖，才能证明这儿曾是一座村庄。

此刻，是一个人的村庄——父亲新翻盖的三间板房，突兀地站在一片菜地里。

这是他第三次盖房子。在这块地、这块菜地上，他实现了从"贫农"到"中农"再到"贫农"的轮回。

他30岁时，在这块菜地——他老八叔的菜地上盖了三间茅草屋。泥巴垒砌的屋身，松木架椽、芦秆和茅草覆盖的屋顶。父亲说，这不是茅草，是茳草，茳草比藤蔓坚韧，暴风吹弹不破，骤雨浸泡不透。父亲的话总是敌不过光阴的埋汰，那些荭草每一年都大把大把地从屋顶滚落，掉一把荭草就补一把稻草，到后来屋顶已然是土黄的稻草了。再后来，墙垣开裂、倾斜、晃动，簌簌地落着雨水泡潮的泥坷垃，父亲只好用几根碗口粗的木棍斜支在墙后面。

那个潮湿的梅雨季节还未过完，父亲从床上晨起，他试图去屋后的茅房美滋滋地拉泡屎，他刚提好衣裤离开床沿，那面墙就向内塌在了床上，接着另一面墙向外塌在了厕所上。

那个时候我已经读大学二年级了，姐姐读大四，妹妹读大一，父亲站在九子庄的梅雨中激动异常地救赎自己。“盖瓦房！”他用这 3 个字来平复 3 个大学生失去家园的恐慌。他接着又用一句话来坚定信心：就当再供一个孩子读大学了！

在九子庄，将茅草屋换成砖瓦房，无不是发了笔横财，只有父亲是遭了场横祸。

在九子庄，大兴土木无不是二十不悔或三十而立，只有父亲是五十知天命。

那年，我 52 岁的父亲，不知是高兴还是悲哀，他对着那些泥瓦匠喋喋不休，没想到我半截身子都入土了还能置办房产。那些泥瓦匠附声怂恿，那更应该建得好一点喽，你去买几根钢筋，我们帮你把这个房子匝成碉堡，保准地基下的大沟再也拉不开你家的墙。

“住上这小碉堡，我这辈子都不离开九子庄，你们都走光了，我也不走。”

一语成谶。

2

拆迁传言刚飘进九子庄时，父亲便已坐卧不安了。

他从建筑工地上找了辆独轮车，从干涸的池塘底一趟趟地运送泥壤堆在他的"碉堡"四周，我一度怀疑他要挖一座战壕，准备重蹈 60 年前我爷爷伏击戴之奇的壮举——与拆迁对峙。我猜想他下一步要去大批量购买斗械、绳索、汽油、国旗、白条幅以及发电机。

我依然像小男孩一样崇拜一个父亲的伟岸！

内心里，我渴望他也成为"史上最牛钉子户"。等村邻都搬迁走了，他的碉堡依然屹立在九子庄东隅，插着旗帜，打着横幅。然后，旗帜由红色褪成暗酱色，条幅由白色变成灰色，父亲带着骄傲带着胜利闪烁在各大网络论坛。

我只是想想罢了，那个时候九子庄一片和谐，祥和，甚至歌舞升平。拆迁才刚刚进入愉快的丈量房屋面积阶段，靠近镇区的路旁拔地而起一排新城镇房子。一颗颗充满憧憬的中国心被"幸福"撞击得无处安放，它们跳出胸腔，跳出老式秋衣毛衣和棉袄，跳出低垂的茅草屋砖瓦房，跳跃在村子的各个路口，一次次心与心的勾芡后变得更加激动、亢奋乃至抽搐。每条大街小巷，每个人的嘴里，见面第一句话，就是恭喜恭喜，恭喜恭喜恭喜你呀恭喜恭喜恭喜你……

蓄谋的一场市民梦，让每个人都焦灼不安。有人说，赶紧栽树。栽一棵能赔 10 棵。有人说，赶紧盖房子，盖一间能赔 3 间。

父亲没有钱，他没有栽树，也没有盖房子。他只有一辆独轮车，一个"碉堡"，一汪干涸的池塘。只要有空闲，他就欢快地推着独轮车出没在屋前院后。培土，修葺，他舍不得他的"碉堡"他的砖瓦房，他人生的第二个房子，如同他的第二个孩子，他的寄所，他的家园，他的安身立命，他醉酒后唯一牵引跟跄脚步的地方。他要把他的"碉堡"打扮得漂漂亮亮、风风光光地——赴死。

形势突然就急转直下。

拆迁房只赔 3 万元，新安置房要支付 15 万元。诱人的果子成了夺命的炸弹，炸开了九子庄的每一口锅。父亲局踏不安地打来电话，跟我商量着其中的变故。他希望能从我这儿得到准确的答案。

多年后，我依然后悔自己当初知识的空白和社会阅历的苍白。如果那时候，我懂得什么是土地流转政策，什么是征迁补偿标准；如果那时候，我能看得透"中国式拆迁"，看得清基层利益生态，也就不会有此后种种。

从来都没有如果，只有果如——事后诸葛亮般的扼腕。

我在单位开会的时候，父亲给打来了电话，一种莫名的恐慌掠过耳际，我感到事情已经朝着不可预知的方向发展。我果断地走出会议室，电话那端传来他嘶哑至走形的喊叫，有一瞬间我怀疑这不是父亲的声音。我混沌的大脑只记住父亲的一句话：今天我若被打死了，你直接找镇拆迁办报仇。我机械的嘴唇只传递给父亲四个字：放弃，搬家。

他继承了爷爷的血性。我却没有继承他的血性。

父亲快快地搬走了。在离家 8 里的陌生村子买了一处二手房。

此后不久，村庄被夷为平地，家家户户门前大大小小的池塘填平了，家家户户隆起在地平线上的房舍被敲碎了，村邻居们挑起的那些热血沸腾的条幅也被烧成灰烬——"旌旗十万"，死于"棍棒三千"。那些恋家的草狗们、鸡鸭们、猪崽们，跟着主人们搬离了九子庄，再也没有回来嗅一嗅路边的狗尾巴草。

然而，父亲却回来了，搬迁三年后，他神不知鬼不觉地出现在老宅的菜地前，迅速盖起三间砖瓦板房。

罗曼·罗兰说，两只小船擦肩而过，一只驶向过去，一只驶向未来。当别人都驶向未来的时候，父亲走回了旧时光，走回了九子庄。

<h2 style="text-align:center">3</h2>

我不知道父亲对故土契约式的眷恋出于何种理由。

是害怕崔颢的"日暮乡关何处是"？是不想步李白的"低头思故乡"后尘？还是厌倦余光中"我在这头母亲在那头"的乡愁？抑或是没有沈从文"向一个生疏世界走去"的勇气？

10 年前，当我离开家乡外出读书时，曾一度想回到九子庄。我像根植在黑土地上的亿万农民一样，对养育生命的那块土地充满根的牵绕。每想，父亲都洒脱地劝阻我：何处黄土不埋人？然而，到了他自己这儿，却又贪恋九子庄那抔黄土。

莫非他要留在这里感喟生命起源？

　　村口的老井，拴驴的石臼，喂猪的石槽，靠在墙角的泰山压马石，充满故事的河沟，母亲的小脚……是的，他的一生都在九子庄跋涉，九子庄在父亲的记忆里，可以具体到一段炊烟、一个草垛，甚至几处热闹、几场是非。又能如何？又能如何！老井已被填平，石臼已被敲碎，那凸起的土丘、凹下的沟壑已经杳不可寻，就连他的母亲也丢在地下 20 年。他没有理由的。

　　莫非他在别处没有田园牧歌？

　　他的新住所离九子庄仅 8 里路——不是故国三千里，不是烽火扬州路。依然有咿咿呀呀的老井，依然有叽叽喳喳的虫鸟，依然是篷窗细雨、田舍炊烟、柳暗花明。那个村庄的邻人也同样吃着煎饼卷盐豆，同样扛着锄头牵着毛驴下田。他没有借口的。

　　他却把这些当作借口。种地不方便。新居住不惯。新邻处不来。

　　结庐在人境，心却放南山。

　　终于，他一脚踏入九子庄的时空隧道。一天三趟骑着车子去村里。挖土，翻土，挖沟，种菜，栽树……他干累的空隙会给我打来电话，兴冲冲地向我报告他的劳作进展。我看不到他的铁锹，看不到他的树苗，看不到他的汗水，更看不到那片没有村庄的土地，我只能通过想象来描摹那熟悉又陌生的场景。

　　母亲说，我父亲魔怔了。像丢了魂一样天天去老宅子那块地，有时喝醉了也要跌跌撞撞去看一眼宅基地上开出的绿芽儿，甚至趴在村头爷爷的坟墓上哭一场。

就是在那个时候，他产生了第三次盖房的念想。

念想如疯草，在山高皇帝远的野外迎风怒放，竟成一片荒芜。

势必马革裹尸还——"就让我在村头搭一个棚，没水，没电，没路，都行！"

镇拆迁办的人满足了他一半的梦想，不是前一半，是后一半。水掐了，电断了，路挖了。父亲的三间板房刚盖好就封了条。

他不知道还有国土卫星勘探之说，他偏执地认为是有人故意去政府打了小报告。为此，他一趟趟去镇政府理论，他是有路条的：村长答应他可以建房。然而，到了镇里，村长却矢口否认了。父亲彻底傻了眼。他买砖的时候，请示了村长。买水泥的时候，请示了村长。破土动工时，也请示了村长。建设过程不出来劝阻，等到瓜熟蒂落却又……他想不通！

拆迁办依然是三年前的嘴脸，甚至有武力制裁的倾向。在暴力即将上演的时候，母亲绝望地拎出了一瓶敌敌畏。拆迁办的人确实畏惧了，他们虽想获得拳脚上的快感，但也不想因此背上 2 条人命。

我几乎每天都跟父亲通电话，我拐七拐八地通过关系疏通镇拆迁办，希望能给老父老母立锥之所安度晚年。作为人子，我不能让他们老来风雨凄然、寄人篱下。镇拆迁办通过拐七拐八的关系也来做我的工作，希望我能劝阻老人推倒板房、离开九子庄的废墟。

溥天之下，莫非王土。我确已无能为力。父亲最后在一片农田簇拥下的老村部大院里临时落了脚。九子庄搬迁后，村部大院已被私人收购，父亲不知道通过什么路数找到了收购人。

这算是父亲的第四个家吗？这一次离九子庄不近不远，1公里的距离，他站在村部门口一眼就能看到他的三间板房在风雨中飘摇。而过去的几十年，他站在家门口能看到远处的村部风雨如磐。

4

留下的人是什么样的心态？是毕业班的留级生，还是战场上的唯一生还者？

应该是坐在时间的水流中追忆吧，不然为何叫追忆似水流年呢？对着一棵几十年前亲手栽下的树静静地回想。对着一条荒凉的沟壑或是一条荒草丛生的乡间小路思念。或者远眺暮霭余晖，仰看白云苍狗。一个人独对一群人留下的气息。

许多年前，我在江南游历过沈括的老家，那个600多年的柿林古村，老人们坐在合围之粗的古树下，坐在斑驳的石屋前，他们是真正的安身立命——有哪个拆迁项目敢将600年的古村夷为平地？柿林古村拥有的是古劲松、古香榧、古柿树，而不是山西洪洞那棵大槐树。

可九子庄没了。我的故乡没了。

我18岁出门远行，今天，再回去，对着死去的九子庄就如同对着多瑙河，对着冈底斯，对着阿尔卑斯山，一样的无法安放。贪玩的兔子，轻易被沿途的风景迷恋迷惑，再回首，却再也找不到兔子窝。

父亲和我最大的不同在于，他从未想要放弃他的"兔子窝"。

九子庄虽然没有了，但他分布在庄前屋后的 10 亩农田还在，他的菜园子还在，爷爷的坟冢还在，远处的白沙矿还在，那些鲜活的记忆和埋藏着的强暴——还在。它们从未离开。

叶赛宁说："我回到故乡即胜利。"父亲显然是胜利的，他终于还是回来了。他几乎是隔三岔五偷偷地摸进板房里住上一晚上，在黑漆漆的夜晚，窗外是啾鸣的虫豸夜啼的鸟，是晚风踩在树叶上的沙沙声，是露水穿过草叶时的簌簌声，是村外公路上柴油机经过时的隆隆声……他太迷恋这熟悉又陌生的夜晚！

　　　　可能，父亲的触觉已经干涸
　　　　他无法分辨出中国乡村夜有什么不同
　　　　穿梭发际的都是风、虫、鸟、月
　　　　漫过眼眸的都是一片漆黑
　　　　或是星光点点

　　　　不停地有人从这里离开
　　　　有人生活在别处
　　　　有人把他乡唤作故乡
　　　　他乡也有夏天的萤火也有雨后的蛙鸣
　　　　也有，暮色拂过大地的芬芳

　　　　父亲害怕自己的另一个身体

> 飘向生他养他弃他的村庄
> 他宁可像新婚前夜，慌张翻进母亲的院墙
> 他宁可把一生都交给这火柴盒一样的村庄
> 也不愿客死他乡

母亲已经看不懂父亲了。她只能默默地跟父亲一起折腾。他们之间也有过对话，在那些黑漆漆的夜晚，在九子庄废墟的这间违法板房里。他们早已过了偷情的年龄，却过着偷情的夜晚：明明是自己的村庄、自己的土地、自己的家园，为什么就不能正大光明地守望？父亲的问题，母亲回答不了。她只能陪着他一起唉声叹气，那声声仰面叹息，是父亲和母亲写过的一组最好的和诗。

父亲到最后，算是妥协了。他发起了一场持久战。拆迁办来检查，就把房顶挑了。检查走了，再把房顶支上。他陷入自设的故事迷宫，乐不可支。

有路人经过，父亲就给对方点燃一支烟，告诉他，他这一生写过七个最好的字，有三个字他写在了院门上：状元府。

那三个字，他是用枝条在湿水泥上刻画后再用红漆涂刷。

粗野之地，没有人读得懂一个农民的"范进中举"，他的三个子女都考上了大学，在大学生多如牛毛之前，他顺利拔了三根牛毛。村邻们对此总是嗤笑，他们见到父亲醉醺醺地走出家门，都会取笑：状元府老爷又溜达了？父亲把手背在后面笑眯眯地应承着，他一生都是背着手走路——许多年后，我才从史书上读到，背着手走路的习惯源于山西移民，"为防止移民

逃跑，官兵把他们反绑后用一根长绳联结押解，由于手臂长时间捆着，此后迁民们大多喜欢背着手走路，其后裔也沿袭了这种习惯。"

我无从查证祖辈们是否也有"大槐树下老鸹窝"的魂牵梦绕，然而，我的父辈们却在余生踏上了"移民"的征途。除了少有的几户村邻住进了昂贵的新农村楼房，九子庄的其他人都散落在各个陌生的村镇，开启了新的生活。好在那几亩薄田还在，农忙时大家骑着车从四面八方赶来，彼此打量着愈加年迈的脸庞，说不上的亲热和唏嘘。再之后，熟悉的脸庞越来越少，有的人将土地租赁给了他人，有的人客死他庄，再也没能回到九子庄。

那些年，九子庄的人三三两两地扛着农具，向村外走去，经过父亲的"状元府"，笑弯了腰。

这些年，九子庄的人骑着吱吱呀呀的自行车，从外村走来，他们惘然地看着状元府在一片废墟中变成三间板房。

那板房底还埋藏着父亲曾经挂在状元府堂前的四个大字：耕读传家。

5

农民也是有信仰的，土地就是他们的信仰，是他们的宗教，乃至他们的生命。

一个农民，无论他走了多远站得多高，甚至做了市长、省长，他蹲在农田前仍是庄稼把式的姿势，对一片绿油油的麦田是发自肺腑的喜爱，对农田干涸庄稼枯萎亦是真心痛惋。

新生代农民搞不懂父辈们对土地的迷恋。未经历过饿殍遍野的洗礼，对"吃"便不再有一种与生俱来的恐慌。比如我，对"泥土里剜出一块芋头便能引发一场血战"充满了质疑，我宁可以阅读的方式去认识《透明的红萝卜》里的黑娃、去同情《活着》里的凤霞，也不愿听父亲讲述九子庄吃糠啃树皮吞观音土的遥远不堪。

我最不堪的是那些与粪便打交道的原始耕作。每一季耕作前，父亲都让我们用平板车将厕所和猪圈外的粪便运送到村外的农田里，这一过程中我几乎一直干呕着。父亲的淡定则超过了我的想象，他背着粪篓，用手将那些粪便一把把地抓放到每一粒种子上。他小心翼翼，他虔诚希冀，面对这些粪土，面对这块土地。他用赓续千年的民谚来教导我——"没有大粪臭，哪来五谷香？"我不懂的，离开九子庄之前的 18 年我不懂，离开九子庄之后的 12 年我更不懂了。

在我的记忆中，父亲并不是一把劳作好手。甚至，他的"懒"名仍在九子庄的废墟上盘旋。

有一年，麦子熟掉了头，麦田里都是飞舞的镰刀，我们家的麦子却兀自挺立在九子庄的田地里。我奶奶费尽周折，终在聋二爷的瓜棚里抓到了父亲，乃时他和聋二爷不觑麦浪滚滚地下着象棋……父亲的懒惰从此传遍九子庄。

他不善经营庄稼地，父母在世时需要父母耳提面命，父母去世后兄长们接过督促大棒逼着他去农田里。有时，他经过别人家的田地头看不到杂草时也会知耻而后勇，带着子女们匍匐在玉米地里薅那些漫过膝盖的茅草。大多时候，他心安理得地和聋二爷下着象棋，他顾不上兄长们的教训，或者是他已学会了唾面自干。

他几次想抛弃绑缚他一生的10亩烂地。读书。当兵。打工。一次又一次逃离。他甚至为此做了10年乡村教师，为人师表的光环并不能甩掉土地扣给他的帽子。九子庄征迁时，他以为终于解脱，最终只是"退宅还耕"，宅不再是宅，耕仍然为耕。

那些地，他曾越看越不顺眼。4亩在家门口，曾是邻村人的坟地，地势凸凹不平，洼处积水，高处土硬，总也长不出好庄稼。还有4亩地在10里外的荒野，那是一片白碱地，是丘陵上的黄泛区，天生不是庄稼地。还有2亩地在废弃的河堰上，每一次翻耕，都是捡不尽的砂石。巧妇难为无米之炊，他摊上了九子庄的"薄地"，因此"穷命"。

偏偏那些地又成了他的不动产，他必须捍卫他的属地权。为了地界的毫厘，他与村邻们争执、扭打。为了荒野4亩地的合法性，他与九子庄的小队长打得头破血流，甚至取而代之当了一年小队长。我们考上大学离开九子庄时，村里借机欲收回土地，他拿出了户口本。为了一同戍卫他的土地，我的户口至今没有迁走，我离开九子庄12年，在城里买了房安了家，户口却仍然留在九子庄，留给那片废墟，留给我不堪回首的大粪臭、五谷香。

是的，在回忆农民父亲时，那些"城南旧事"浮光掠影、纷沓而至。

我想起了年少时的种种苦难。我想起村邻们逼债时，想起病患缠身时，想起被学校撵回家要学费时，父亲用平板车拉着七八袋粮食去粮管所换应急钱……再繁丰的修辞学，此刻，都不能表达我对农民父亲的认同。那些泥泞的雨天，那些沦肌浃髓的喘息——犹在眼前。

无论勤与惰、富与贫、多与少，土地于农民，始终如命根子般珍贵，甚至远远超过了生命的高度。

有土地的牵引，父亲再也挪不开蹒跚步履。

6

我希望父亲能来城里和我一起生活，扔掉板房，扔掉折损的几万元钱，扔掉九子庄，扔掉农民的身份，扔掉那些受尽屈辱的日子，扔掉落叶归根的愚念，陪我一起做一回"城里人"。

父亲却请我回家走一趟。他说，儿子——他喊我儿子的时候，只是想证明他是父亲，他有号令我的权力——你回来看一眼吧，我们家拆迁三年了。

在一个寻常的日子，我出现在九子庄的菜地前，听父亲平静地叙述九子庄的"前世今生"。

那个傍晚，暮野四合。九子庄在空旷的荒野里阒寂无声，影影绰绰的只是一些蔬菜和荒草，那些菜地像坟茔一样带着一丝生疼。我想起10多年前、20多年前那些傍晚，我蹲在离家10里外的4亩白碱地里，看守着仆倒一地的庄稼，等待父亲拉着平板车从九子庄的方向出现，他的身形冲破地平线冲破薄雾，消除我的所有孤寂和惶恐。因为，那片白碱地前的水洼地里，躺着九子庄的列祖列宗。

一条龟裂的沟壑绕着几百个坟丘，汩汩而下全是细碎的白沙。许多年前，坟场和白沙沟不在这儿。20 年前，那渠撕裂父亲茅草屋的沟壑出卖了九子庄的秘密。人们溯流而上，在沟壑源头找到了蕴藏大量石英砂的矿藏。矿藏上方是绵亘数里的丘陵，那是远近闻名的陵园，九子庄几代人的坟墓都点缀其中。于是，一场大迁徙不可避免，于是陵园变成了砂矿、丘陵变成了深渊——原来，我的祖辈们早在九子庄没有迁徙之前，已然完成一场迁徙。

这是怎样一座村庄？

201 年前，一位老人带着九个儿子从遥远的地方来此安顿，成就了一座村庄。

201 年后，迁坟，拆村，兄弟散。

我爷爷死后却任性了一把，他将坟墓独植九子庄东边的一处月牙坡地，那块坡地是他生前耕作的一块边角地，他生既坐拥，死亦穴居，谁都无法剥夺。那块坡地，雨水丰沛的季节，四周的沟壑里长满茂盛的水草，爷爷的坟墓便终日被氤氲的水气环抱着，远观如同缕缕青烟。路过的人都说，祖坟冒青烟，家里出状元。

父亲无限感伤，他可以随我离开九子庄，但他的状元府，爷爷和曾祖们的坟墓却如何一起走进那钢筋水泥的城市？他祖祖辈辈的根啊……

田野的风裹挟着稻麦芬芳，夹杂着父亲卑微的放不下、想不通，一起飘向昔日绿树掩映的村落。

那，只是一块平地。

我对父亲说，我从小就想拥有一条街，作为"村包"，我羡慕那些在镇上成长的同学，因为他们拥有一条光怪陆离的小街。现在，我终于拥有了，我在城里的房子坐拥一条街，我的孩子将在街上成长，他每天趴在窗户口就能看到汽车，看到鼎沸，看到没有炊烟和庄稼的整洁，他走在路上能听到各种话题，邮局银行医院是他的邻居，他知道这条街上哪家早点好吃哪家小菜有特色，他不像我，在一个闭塞地村庄成长了18年，一无所有。

父亲看着我，看着一马平川的九子庄，一字一顿地问：果真一无所有吗？那些庄稼池塘，那些蝉雀鱼虾，那些桑葚槐花，那些猫狗鹅鸭，那些毛毛虫马蜂窝，那些露天电影，那些补锅锻磨的工匠，那些草垛里的捉迷藏，那些河冰上的陀螺，那些煤油灯下的丢沙包，那些……父亲不停地说，我18年的光阴在他的双唇间逐渐鲜活起来，说到最后他的眼睛有点湿润，他说你回去吧，回到你的城里去，去做你的城里人，永远都不要回来。

我不想用一根针泄了父亲吹大的气球，尽管父亲都是用来被打败的。我穿行一条甚至几百条钢筋水泥路，他守候的仍是几十年前的那条土路。到最后，他只能蹲在九子庄的废墟上，眼睁睁看着被吞噬的村庄和时光，痛苦地揪着满鬓白发——

"几十年我都住得好好的，为什么非要来拆我的房子？"

7

大年三十的晚上，父亲来到了我生活的城市，拖着疲倦的心事和一生恓惶。他把 60 岁的人生路串成一条线，摁灭在九子庄那个渺小的"点"上。现在，他从那个小小的"点"走到"线"，走到我生活的城市面前。

我告诉他，我住的地方叫段庄，这儿曾经也是农村，也是一块被城市吞噬的土地，但它依然充满了美丽向度。万物峥嵘到极致，便是新的春天。

父亲剔着指甲，他的指甲里全是九子庄的泥，那些黝黑的土质落入了城市的垃圾桶。在万家灯火中，父亲又给我讲起有关"饿"的体验，他说饿是自饱的过程，一开始饿得肚子疼，再后来头昏眼花，再后来有气无力，饿到最后肚子就不疼了，就像吃饱了一样，整个人慵懒得一动不想动……

一个村落，见证了一代农民的屈辱和贫困——整个民族的历史都是屈辱与文明并存的历史，何况一个村庄？每一次噩梦降临前，他们都有"看不到第二天太阳"的绝望感，然而，第二天太阳照样正常升起。那些苦和痛，忧与畏，罪与罚，血与泪，都埋葬在昨天的夕阳里。村庄一天天老去，没有人会记得曾经的凡此种种。

大年初二的早晨，父亲执意要回去。九子庄已经没有了，他又能回到哪里去？回到九子庄村部的"第四套临租房"还是九子庄的"第三套违建房"？在接下来的时间里，又会有哪些不可预知的命运牵引着这个无助又倔强的老头？我看着他苍老的身形消失在这个城市的尽头，一种巨大的恐慌将我紧紧抱住。

下阕：两个人的村庄

每个女人都背负着一座村庄。

这村庄，原先与她们几乎没有任何关联，忽然有一天，她们的双脚被一个从未谋面的男人牵引而至，便将余生毫无保留地交给了这个陌生的村庄——她们彻底失去了生养她们20年的另外一个村庄。

在这个"新"村庄里，她们从背着孩子开始，背柴火、背背篓、背喷雾器、背口粮袋、背病倒的男人、背蜚短流长、背生命不能承受之重……直至背负起整座村庄。

她们一生最盼望的是离开这个村庄。

她们一生最害怕的偏偏又是失去这个村庄。

1

奶奶17岁时从20里外的筛子村嫁到九子庄。母亲28岁时抹着眼泪离开那个叫八屯的村庄来到九子庄。我的两个姑奶奶和三个姑姑则陆续呜咽着别却九子庄，嫁到十几里、几十里甚至上百里之外的村庄，那些村庄有着同样陆离古怪的名字。这些名字于我只是一个符号，于她们却是一生的挣扎与牵挂。

我从未探寻祖母们姑姑们与那些村庄的悲欢离合，我也从未看到母亲与八屯村的前世今生，我只看到母亲与九子庄的种种爱恨离合。

她刚踏上九子庄就是一场心悸之旅。红盖头还没掀掉，婆婆就带着未出阁的小姑子小叔子杀将而来。我的大娘和二娘站在远处面无表情地欣赏着九子庄的"新媳妇进门礼"。她们忘不掉数年前的"下马威"，她们幸灾乐祸地看着我的父亲——谁让你当年也参与了我的进门礼。母亲反应过来时迅速躲进厨房，夺了把菜刀在手。我奶奶"熬成婆"的目光未熬过菜刀的寒光，她惊诧地打量着这个不知深浅的三儿媳妇。28 岁。大儿媳妇和二儿媳妇过门时不足 20 岁。奔二和奔三就是不一样啊。

母亲不知，她拔起了菜刀，从此便与九子庄的大小战斗纠缠不清。

在农耕文明浇灌的村落，开化开明的进程裹足慢行，比拳头大小，比宗族强弱，比男丁多少，似乎是中国农村长久以来的孽海。母亲生错了时代，也嫁错了地方，她遇到了父亲——这个永远不会说软话的男人，她遇到了九子庄——这个永远都是靠武力来解决问题的村庄。

她总是在那些昏黄的煤油灯下给我讲那些心惊肉跳的斗殴。那些哭喊声、火把、铁叉、凝结的血渍成为她绕不开的话题。她从不告诉我事端，也从不让牢记那些仇恨，她只是告诉我那些年那些痛。她低声细语，以至于一瞬间我以为这些事与她毫不相干。她说只有两次殴打让她痛彻骨髓，一次是五六个镢头同时刨向父亲的后背，一次是 5 岁的我被对方拎起来狠狠地扔进水塘。

氤氲的煤油灯光让我看不清那些故事的全部，我惊恐地把那些故事种进了性格，变得和母亲一样隐忍、怯懦。我不知道她是怎样挨过那些暴力。九子庄给予母亲的 30 多年几乎都是伐、暴、痛、怕，她伤痕累累，额头上的疤，腿上的痕，后背上的印，甚至还赔上了一根断指。当我已经有力气去帮助她参与战斗时，她死死地搂住了我，我竟同样产生了退缩，那些母亲的苦难——磨平了一个男子汉的血气方刚。

一个女人，从"筛糠"之惊惧到"糟糠"之年迈，要经过多少风雨？

一个女人，从一个村庄到另一个村庄，要横跨多少坚强？

母亲在30岁时一定是害怕的，她一定因为那些野蛮的村战而若惊弓之鸟。然而，她又是无畏的，她以1.58米的身高勇敢地成长起来，即便面对死亡。

母亲一生喝过三次农药。都是因为九子庄。

第一次，是父亲在集市上听闻母亲出嫁前有过一段无疾而终的爱情。父亲回家便打翻了醋坛子，把家里的瓶瓶罐罐砸得稀巴烂。母亲为了证明自己的贞洁，一仰脖子就要灌下一瓶农药。亏得小姑子小叔子躲在门口窥热闹多时，如大侠乔峰自杀时的虚竹、段誉，"一左一右，双双抢近"。之后，小叔骑着自行车将母亲送回娘家，母亲充满无限委屈地离开九子庄，最终又无限心软地将浮萍人生重新交给这个村庄。

第二次、第三次喝农药都是因为拆迁房子。时隔三年，为了同一块地面上的两栋房子，为了父亲不再受到五六个镢头同时相向的伤害，她毅然拿出一瓶敌敌畏。尽管这是一种愚昧，然而我能感受到母亲面对暴力拆迁时的无比绝望。

中国农村，多少村落，多少女人，因为强加的逼迫而将生命交给一瓶灭虫灭草的农药。她们轻信一个男人许诺给她男耕女织的美好，却忘记了埋藏在这个村庄深处不可预知的戕害。

九子庄，欠下母亲一笔血债。

2

我承认，母亲素无大志。

九子庄于她，就是一处庭院。她守着自家小院，永远在忙活着，从守着孩子等丈夫归来，到守着丈夫等孩子归来。她守着小院，几乎很少走出去，她一生去得最远的地方就是离家10里外的农田。

一方小院就是她的一生，她更视为她的王国、她的一亩三分地。春栽花，夏种菜，秋堆粮食，冬窖萝卜和山芋。我喜欢夏天，院墙内外都是绿色的海洋，丝瓜、南瓜的藤蔓爬满整个院墙、覆满整个院落。10年后，当我临湖而居终日守着花木掩翠的风景区，却始终感觉不如当年母亲的小院，因为我闻不到蓬勃的味道。那个时候，母亲站在院子里，一会儿拔几棵葱，一会儿摘一盘四季梅，一会儿又相中了躲在门楼上的一条南瓜。蔬果飘香的农家院，是母亲给这个家最甜蜜的记忆，也是小院给她最好的素笺，她可以在上面写各种喜爱的丰收散文和诗歌。

真正丰收的季节，小院子里堆满了玉米、小麦、黄豆，她一整天都在捶着黄豆秧、剥着玉米瓤，或乒乒乓乓，或窸窸窣窣，从黎明到夜晚，从30岁到60岁，她沉醉在简单的"吭唷"节奏里，与乡村融为一体。

母亲算是乡间巧手吧，至少这个小院落记录着她的履痕。

她喜欢柳编，农闲时，她坐在院门口捯饬那些无人问津的柳条、槐枝，各种篮子、筐头、背篓在这个小院子里跳出母亲的手，跳向九子庄的小路上、田野里。

她喜欢缝缝补补，改衣服、纳鞋子、套被子、织毛衣，她从床上抽出席子往院子里一铺，就是一个明媚的下午。父亲那本《收获》里夹满了她剪过的各种尺码鞋样。一本书，一张席，让她收获了妯娌间乃至村邻间最淳朴的友情——她原以为，在九子庄她不会收获友谊。

她经过商。在这座院子里养过猪、喂过鸡、圈过鸭。养鸭子时，她把院子挖了几个大坑，放满水给鸭子嬉戏。养鸡时，她把半个院子都搭成棚，围上绿色的网衣，她坐在院门口剁着青草、筛着豆米，她甚至整夜不睡守在院子中间擒拿偷鸡的黄鼠狼。养猪时，她把锅屋（厨房）腾出来给猪作圈，她烧饭时，那头猪就趴在她的身后大爷一样地睡着懒觉。她可以终日无语，低着头在尺寸院落里谋篇布局，但那些绕膝的鸡鸭鹅猫狗却对她报以久违的亲近。她不后悔数十次把院子变成腥臭的饲养场。

母亲不喜欢热闹，村里来了戏班子，隔壁村来了露天电影，她让父亲带着我们去，自己独自守着庭院，她担心我们归来时家里没有守候和等待。

她也曾离开过这个庭院，在农忙时她的大半时间都在田野里，我取代了她坐守庭院的差事。我侍弄着那些鸡鸭鹅猫狗，采摘着她的青椒她的黄瓜她的韭菜，我甚至愉快地挑着水桶去老井里挑水，我想成为母亲那样的人，在一个小乡村里，从庭院到村落再到田野，日子简单而充实。

然而，这些，都已不复存在。

九子庄成了一片废墟。母亲的简单生活戛然而止，谁都无力起衰振瘼，在不可预知的命数面前，我们眼睁睁地看着生活从"膝理"到"膏肓"，然后听从命运的召唤，重新踏上新的生活，将过去的种种习惯带到新的时光里。她谓之为习惯、爱好、技巧、依赖的种菜编筐、缝补洗浆、腌菜酿酱也一起转战到不同的院子。

她把自己交给了父亲，交给了九子庄。30 年的光阴，她从少妇到老妪。她辛辛苦苦经营的小院，她充满委屈、心酸、坚强、成长、殷实的小院，她充满……她再也回不去的 30 年，一下子被抹得一干二净，不留一点半星的记忆凭证。

她只剩下了老伴。

3

在农村，异数总是让人记忆深刻。母亲有许多异类之处。比如，她守着一个穷家嫁了一个懒汉。换句话说，她和这个懒汉共同经营的三间茅草屋在红砖黛瓦的九子庄坚挺 22 年。每逢连雨天，屋里面都要和稀泥，衣柜上、粮仓上、饭桌上总是摆满了盆盆罐罐，母亲总要起夜泼掉盆里将溢的雨水，因此免不了要怨怼跟着父亲住茅草屋太遭罪。

母亲对父亲说：这是两个人的村庄。因为，九子庄的其他人都是住砖瓦房的"城里人"。

每年入冬前父亲都要购买两车稻草，请来左邻右舍帮忙修缮屋顶。陆陆续续，九子庄已经没有人"缮屋"了，三百六十行又失去了一个传统行当。砖瓦房和楼房取代了低矮的茅草屋。如同九子庄今天的命运，被新的土地模式生生取代。

母亲后来穷则思变，研究九子庄的生财之道。她看到有人搞养殖，有人干建筑，有人搞运输，有人"扒青筐"（贩卖蔬菜）。但转过脸看父亲每天衣冠整洁骑着自行车到邻村当代课教师时，唯有仰面叹息。

她恨自己不会骑车——她这一生连自行车都不会骑，她只能守着小院搞养殖。她的养殖先后遭遇了五号病（口蹄疫）、禽流感、猪瘟病等灭顶之灾。那些肥胖的猪被强行掩埋，那些鲜活的鸡鸭成群结队倒下，一个乡村女人的梦想载波载浪，每每"一蹶不振"。

10年前，当母亲用她的勤劳帮助父亲盖起6间"小碉堡"时，当母亲给3个大学生凑齐生活费时，我读懂了一个女人的不屈。

10年后，当3个大学生终于跳出农民不再面朝黄土背朝天时，当父亲袖手站在状元府的废墟前咂摸骄傲时，我读懂一个母亲的伟大。

母亲的坚韧在于她敛首垂目，却有不畏惧的胆量。

她敢迎着铁锹空手夺白刃，她敢叫板那些强加的不公平，她敢跃身蜚短流长，她甚至敢公然对峙一座村庄。那个午后，我从外面委屈地回到家，母亲正在院子里淘米做饭，我哭着描述了刚刚遭遇的一场不公平——我被小伙伴们诬蔑为小偷。母亲从水瓢里抽出双手，在围裙上狠狠地擦拭一下，跌跌撞撞走出家门，一路骂着走向村中心，直至骂遍一个村庄，才拖着沙哑回到家。许多年后，等我有了子女，我才明白这种心情：自己受了多大的委屈都能忍受，却不能让子女受半点委屈。

母亲是为我变得这么"强大"的。

母亲是为我走出庭院的。

每一次我病倒，她都背着我在九子庄游荡，有时是漫无目的，有时是无能为力，有时则是病急乱投医——她把我背到村里的巫婆家，喝下一碗火纸烧成的水——在贫穷面前，她唯一与病患对抗的只有农村女人的无知无畏。

20 年后，面对拆迁队的大棒，她冲到庭院前面，大声疾呼：好汉不打庄。那是她最后一次走出庭院，从此江湖夜雨十年灯……

那个见证她嫁鸡随鸡嫁狗随狗的农家小院，那个见证她进进出出、出出进进的农家小院，彻底埋藏了她的呼喊。她先于父亲一步明晓宿命。可惜父亲永远不懂一个女人的见地，他嘲笑为懦弱的"娘儿们思想"一次次拯救了他，甚至一次次与他的冲动陪葬。

我每每在想，"80 后"的女人是幸福的，贫瘠与蒙昧年代女人遭遇的痛楚她们从未经历，她们作为母亲时无法理解我 60 岁母亲——"50 后"女人的明亮和幻灭。

4

村庄始于迁徙，卒于迁徙。

所有的迁徙都是被动的，他们被迫放弃祖辈扎根的那片土地，迁移到陌生的土地上为子孙寻找一处扎根的土地。

我的故乡，那些村庄，据说是在一场洪水中迁徙而来。几百年前，一场洪水从东向西，洪峰所到之处，冲出一个个村落，水流冲击大的村庄叫"大冲"，冲的小的村庄叫"小冲"，洪流往西奔走的村庄叫"西下"，积涝成洼地的村庄叫"窑洼"，水流从地下漫过的村庄叫"泉子"，一头牛在水流盘下来叫"牛盘"……

今天我仍在怀疑，"西高东低"的苏北大地，水流怎么会逆流而上？

女人对背井离乡应该没有多大悲恸的吧。女人总要出嫁的，坐上花轿，村里那口老井的清澈就再也看不到了，但是总有一口新的水井供她淘米做饭。

嫁到九子庄时，母亲的眼眸和村头的老井一样清澈，现在已经灰蒙蒙了。九子庄拆迁后，她再也没见过老井，她用自来水洗涤晚年，哦，晚年里没有童年记忆里的洪水，没有青年出嫁时的井水，只有一口细细的水龙头——洗不出村庄的生与死。活到这把年纪，一座村庄的生死与她已经没有任何关系了。

或者说，从一个村庄嫁到另一个村庄，她已经经历过那种分娩之痛。生她的村庄抛弃了她，养她的村庄也抛弃了她，庄园倾覆，她终于醒悟——也许，只有到了快倾城的时候才成就了白流苏——人生如水，流向何方是何方。

母亲后来说，她不只是叹息，她认真忠告过父亲：村庄如人，总有生老病死。四个阶段，生老之后必然生病，病了就要死掉。她似懂非懂地说，若没有征迁，村庄永远不会病倒！

母亲后来还说，父亲就是一个长不大的男孩，受了委屈，总会趴在她怀里号啕大哭，她不想看着父亲一直这样难过，她纵容他去搭建违章房。

我大叫起来，你以为那是搭积木啊，那是搭房子，几万元的代价啊。

母亲坐在小小的庭院里，安静地说，一座村庄不也这样拆拆建建吗？那是几百万几千万的代价啊。

我没研究过农村的建筑史，那些老房子究竟能活多久？爷爷奶奶去世后，他们的四合院一年不到坍塌成废墟，从那时起我便知道房子是需要主人的气息支撑的。爸爸妈妈的茅草屋，存活了 22 年。那么瓦房子呢？多年后，我在沈阳参观了皇太极的陵园，城墙城楼活了几百年仍如壮年。老不了，更死不了。

在工业文明面前，农耕文明又能如何坚守呢？身不由己。

母亲只是一个女人，一个逆来顺受的女人，但正是这种顺承，让她率先看清并快速接受任何变迁，包括——家园变废墟。

母亲是个足够忍气吞声、足够逆来顺受的人，却又时常不畏生死、释然若怀。

我有点看不懂她。

父亲的兄长，我的大伯，长房长兄，一家之主。在祖母的葬礼上，父亲颠三倒四说了一些话后，大伯满脸愠色怒骂：你放屁！父亲惶恐后退，母亲却挺身而出，勇敢地站在父亲前面，大声还击大伯：你才放屁！

村口的土地庙，已经人迹罕至，已经残垣荒草，却喘息在九子庄前，谁都不敢把它推倒。母亲观察了许久，把它推倒砸碎，整出一块菜园子。那些封建遗老遗少瞠目结舌。母亲平静地说，那只不过是几块泥坯罢了。这就是我的母亲。当然，那块菜园子最终被后知后觉的九子庄产权人争了去。这就是九子庄。

推倒一世豪杰，开拓万古心胸。

感谢母亲，感谢九子庄。我只能这样说。

5

母亲给我打来了电话。

她发现了一个惊天大秘密。她发现父亲藏在枕头底下的信。那封信是写给镇政府的。母亲略带慌张地给我念了一遍。问我该怎么办。我泪流满面，说稳住，我给父亲打个电话吧。

晚上，和父亲通上了电话。他把信又给我读了一遍，这是他第二次读信，几天前他已经去镇政府读了一遍。

尊敬的 ×××：

　　我和我的老伴已经 60 多岁，我们居无定所，我们三个孩子都在异地工作，刚刚组建家庭，精力和能力有限，既没有时间来照顾我们两个老人，也没有钱给我们在城里买房子。我们活了一把年纪，不想再给

子女添乱，自己用平生积蓄建了三间板房。然而，镇
政府却说是违建，4 月 29 日，你们派了十几个拆迁
人员前来拆房。漫山遍野的板房啊，哪个不是违建？
为何先拿我开刀？……

请求人：风四

2014 年 5 月 7 日

我深深地愤怒着……

我深深地难过着……

我深深地自责着……

我想跪在父母面前，把他们带走。我说妈啊，跟我来城里
生活吧，谁要是再欺负你，我就算腰带里别一把螺丝刀，也要
第一时间赶过去保护你。

母亲就在电话那端轻轻地笑，她说儿子你从来不给我打
电话，你只给你爸打电话，每次我在边上都想接过来说两
句，你每次都匆匆地挂了。妈知道你忙。你放心，妈没事，真
没事……

泪腺瞬间崩断，我"哇"的一声大哭起来。

山河永驻，遍地花开！哪里才是我母亲最安稳的港湾？谁
他妈的来告诉我？

我开始疯狂地给他们找工作。在长达一年半的煎熬中，我
给他们找了好几个厂子，当然，一无所获。正规的单位都是年
轻的保安，谁会要两个糟老头老太来镇守大门。一遍遍希望，

又一次次失望，当我一次次惭愧地告诉他们结果时，他们却很高兴，说去不成更好，这下就不用离开九子庄了。我在心里失败地抽泣，爸呀妈呀你们两个不知死活的人啊！

有一次，好像有点眉目，新厂马上就要竣工使用。我欢欣地带着他们参观新厂。我说厂内绿植葳蕤，适合颐养，厂外依傍故黄河，闲来可垂钓。父亲对这方寸之域兴趣不大，母亲倒是呈现出些许欢喜，她说我儿不是花喜鹊尾巴长，没有娶了媳妇忘了娘。

我说妈你早该进城了。许多像我这样的凤凰男，孩子一出生，孩子的奶奶就来城里上岗了。10年前，一批考上大学的农村孩子失措不安地站在城市面前，投奔他的前程。10年后，一批上了年纪的农村妇女同样惶恐地站在城市面前，投奔她的未知。她和他的孩子一样，要用10年来熟悉、来融入、来寄命一座陌生的城市。那些村庄，从此永远扔在身后。

我觉得亏欠母亲，我踏入这座城市已经12年了，母亲未享受到这种"待遇"。于是，才有了她与九子庄的生死纠葛，才有了征迁、违建的轮番伤害，才有了我无法原谅、无能为力、无处安放的牵挂。这一切，都怪我。

母亲来城的梦想最终破灭。厂子看了一个又一个，大饼画了一个又一个，连我自己都觉得那是一幕没有投资人的滑稽剧。

我本将心向明月，奈何明月照沟渠。

我坐在海水汹涌的礁石上，打开父亲的信，一遍遍地读，一遍遍地听内心的潮起潮落，一遍遍苦涩地品味为人子之失败与不合格。

九子庄，你听到了吗？

6

父亲坐在熊烈大火中，我喊他，他不动。惊醒后，发现是一个梦。继续入眠，继而梦到母亲悬在空中楼阁，我大叫，却攀不过去。猛然坐醒，再也不敢入睡。

我决定回一趟家。

天啊！

他们真搬进了违建房。母亲淡然一笑，不告诉你是怕你又要担心。老村部大院已经被收回，我们没地方去，只能搬到这里。你爸去镇政府找了几回，算是默许可以临时住进来。至于何时被拆倒，走一步是一步吧。

我颓然坐在门前，我就知道他们不听我的劝阻。那一次次的伤害，这么快就忘却了吗？让我怎么放心得下。被拆除的房盖重新架回房顶，辗转数地的那些家具和盆盆罐罐重新安放在原处，隔了三年的时光，隔了新旧土壤的时差，一一回归。母亲坐在墙根下，搓弄着一把干涩的雪里蕻。墙角的瓶瓶罐罐里是那熟悉的腌菜，门口放倒的树枝上是母亲晾晒的鞋样，还有一处不大不小的菜园子。只是院子太小了，小到只够转个身，不够施展母亲的才华。

母亲的眼角却流露出餍足的安详。她说，跟你去城里的厂子，这个小院就没有了，这些盐豆、咸菜、萝干、咸鱼都没有了。是啊，老家的味道，母亲的味道，童年的味道。我闭上眼睛，贪婪地占有着这来之不易、挥之即去的乡愁和童年记忆。我闭上眼睛，用力地抓着抱着吮吸着，再回家，也许又是一番天地。

我三岁的儿子异常亢奋和新奇，他对菜蕈簇拥中的小板房饶有兴致，他围着房子一圈圈地奔跑，他的脚丫时而踩在绿油油的菜苗上，时而蹬在土黄的泥壤上。我把他抱在怀里，告诉他这是爸爸从小长大的地方、爸爸的根、爸爸的命……他听不懂的。我知道。

生活没有彩排。

母亲随着父亲入戏而入戏。即便是风雨飘摇的临时板房，她仍然把小院经营得井井有条、生机勃勃。每天清晨，她推开柴扉，便走进另一片生机勃勃，那些菜地残延着瓦砾的气息，匍匐在唯一的钢筋水泥下，崎岖的小道将它们一一隔开，它们走不进九子庄的房檐，只能老死在前辈的胸膛，等待新的春天把新生命唤醒。

九子庄，连一片菜地都是彷徨的、都是坚守的。遑论九子庄人？

我试图理解母亲和父亲。

母亲是经历过凤凰于飞的人，也是经历过死亡于心的人，她已挺了过来。她用女性的悲悯来包容这一切，帮助身后那个丢了魂的男人"二次成长"，她以女人如水般的温柔，开导这个因刚而折的"老男孩"一点点走出。

他们并肩站在一片菜地里，坦然等待着不可预知和预料之中。

离开时，父亲在前面引导我的车从菜蕖中隳突，母亲在车后远远地跟着，渐渐邈远成一棵模糊的青稞。

我想到了死亡。一起支离破碎的记忆中的死亡。在我很小很小的时候，母亲在庭院中饲养的鸡掉进了粪坑，浑身臭不可闻，我害怕母亲责骂我看管不力，将那只鸡扔进门口的汪塘，我本意是要给它清洗身子的，它惊恐地游向池塘中间，挣扎着，尖叫着，坠向水渊。那次，我几天几夜高烧不退。还有一次，家里的小白狗即将死去，它肚子鼓鼓囊囊地躺在屋后的草垛前，母亲不允许我们过去，我还是偷偷溜过去，给它塞喂煎饼……翌日起床后我又溜了过去，那只狗已经僵死在寒霜下。那次，我昏天暗地哭了好几场。

母亲逢人便说，我儿子是九子庄最善良的孩子。

可是母亲啊，我的亲娘，我该如何给你一座村庄的梦想？

后 记

这篇文章断断续续写了两年。两年来，许多事情朝着不可预期的方向急遽奔走，文章的思路也驳杂不一，许多话语刚起了开头就戛然而止。几度着墨，几度删除。写作的过程总在流泪，写到最后竟异常担心异常害怕，我生怕这些文字的出现，会再次给我的父亲、母亲带来无法估量的伤害。文字，不能带给我们面对困难大胆掘进的力量。我很是难过。

而今，九子庄不远处已耸立起栋栋高楼，不知为何，每当我看到这林立的楼房仿佛变成了蜿蜒的长城，这是几千年文明史的结晶，还是抵御外族侵略耻辱的见证？

这只是一篇文学创作罢了。

（2016 年元月，于段庄）

跋：写给时光

这是我的第三本"书"。

第一本是散文集《一轮明月，一座城》，2014 年与爱人李靖洁合著。那时不知纸短字白，浓妆，艳抹，盛装，又是请方家作"序"，又是拉友朋写"评"。

第二本是长篇报告文学《一城青山半城湖》，2015 年市作协王建主席、《雨花》李风宇主编、国家统计局徐州调查队刘振坤书记，提携我一起创作。

这本散文集相对"素"一些。大多是 2015、2016 年习作的旧文字。隔了经年，一时心潮来袭，将那段过往捆箍成集，有点朝花夕拾的异样涌上心头。书名《一任芳华弹指瘦》，算是"一"的姊妹篇。待年迈时，人前伸出三个拇指，露出"凡尔赛笑容"：小生这些年碌碌无为，年轻时只写过"三个一"……

作个揖。见笑了。

这本小集子共四辑。文字懒散、文风寡淡，跟文学无关，只跟这世间美好相连。

第一辑，收录的是一些在旅途中在时光里的一些小体悟。人是永恒的斯芬克斯之谜，驳杂之心，打量美好。在平铺直叙的人生路上，浮光掠影着我们对这个世界的肤浅认知。

第二辑，写徐州的山水印象（前两本书已记录了很多），在《一年走了徐州216个景点》这篇文字里，大抵以偏概全了我们拥有着的徐州。心安的生活，必是对脚下那一片土地的热爱和归属感。

第三辑，些许亲情文字。万物情感，唯亲情不可辜负。如果可以，我愿长久徜徉在这温暖中。还有2篇爱妻的民主党派感悟，不知归置于哪一辑，信仰是心灵深处的太阳，给人无尽的温暖。索性也收录其中。

第四辑，写给我的父亲母亲，一个不安分守己的农民，一个唯诺一辈子的农妇。我对他们的爱是那么无力，唯有文字才能让我呐喊：世界以痛吻我，我要报之以歌。因为他们的遭遇，我对别却18年的故乡，对那个近在咫尺、梦回牵绕的小镇，爱恨交织。

一段时光，已成追忆。

自兹，已罢笔四五年。

快餐时代，小众的文本写来给谁看？读者挑选作者，作者又何必为难读者。

那就给欣赏自己的人看吧。至少，我们工作和生活的圈子里，所遇的都是善良的人。"给你一张过去的 CD，听听那时我们的故事。"谢谢你，曾坐下来，打开这本书。

也给自己看。像镜子，看一看那时的自己，照一照彼时的挣扎。人间世，多纷扰，且行且歌且向前。

是为跋。

孙　梦

2021 年仲夏月于金龙湖畔